촌놈과 상놈

박명호 雜感集

박명호

경북 청송에서 태어나 대구상고와 대구대학 국어교육과를 졸업했으며,
1992년 부산일보 신춘문예에 소설 '봄눈'이 당선되었다.
1985년 크리스찬 신문과
1987년 부산MBC 신인문예상을 받았으며,
소설집 '또야, 안뇨옹(동녘)'
'돈돈(해성)' 등이 있으며
지금은 부산 사직여고 교사로 있다.

촌놈과 상놈

2003년 11월 7일 발행
2003년 11월 14일 1쇄

지 은 이 /**박 명 호**
펴 낸 이 /**윤 현 호**
펴 낸 곳 /**뿌리출판사**
홈페이지 /**www.rootgo.com** / E-mail : rootgo@dreamwiz.com
주   소 / 서울시 성동구 성수 2가 3동 317-10 2층 우편번호/133-835
전   화 / (代)2247-1115, 466-4516, 팩 스 / 466-4517
출판등록/서울시 등록(카) 제 1-551호 1987.11.23

값 / 8000원
ISBN 89-85622-39-0

*잘못된 책은 바꾸어 드립니다.
*인지는 저자와의 협의에 의하여 생략합니다.

촌놈과 상놈

박명호 雜感集

뿌리출판사

차 례

촌놈과 상놈

박명호 雜感集

큰길 한가운데서 지팡이를 든 노인이 오도가도 못하고 있었다. 신호등도 횡단보도도 아닌 큰길의 차들은 무례한 노인을 꾸짖듯이 쌩쌩 지나쳤다. 그 바람에 노인의 두루막자락이 심하게 펄럭거렸다. 금방이라도 거꾸러질 것 같은 노인은 길을 건너가지도 돌아갈 수도 없었다. 모두가 무단횡단의 무식한 노인네라고 혀를 찼지만 나는 가슴이 아팠다.

그날 아침 느닷없이 교실로 날아든 비둘기가 생각났다. 수업 중에 들이닥친 비둘기 때문에 아이들은 비명을 질러댔고 한바탕 소동이 일어났다. 창문을 열고 비둘기를 내쫓았지만 나갈 곳을 찾지 못한 비둘기는 유리창을 여러 번 들이박고는 공포에 질린 채 교실 문틀 위에 앉아 있었다. 그 노인도 비둘기도 이 세상은 낯설기 그지없는 곳이었다.

지난 해 중국을 다녀온 뒤 나는 한동안 한길 가운데 노인이나 유리창을 박는 비둘기처럼 멍한 사람이 되어 있었다. 컴퓨터에 아이디를 몰라 작업을 못하는가 하면, 은행 창구에서 비밀번호를 알 수 없어 돈을 찾는데 곤혹을 치루기도 했다가 끝내는 큰 낭패를 당하고 말았다. 시내에서 수첩을 잃어버렸다. 우선 돈이 없어서 움직일 수가 없었다. 다행히 동전 몇 개 남아 있어서 집으로 전화를 했으나 받지 않았고, 그 다음 가까운 지인들에게 구원을 요청하려 했는데 도무지 완벽하게 외우고 있는 전화번호가 없었다. 마치 황량한 사막 한가운데 홀로 선 것처럼, 아니 전기 코드가 뽑혀진 가전제품처럼 나란 인간은 도무지 아무런 기능도 할 수 없었다.

그렇고 보니 내가 외어야 할 기호가 너무 많고 또한 복잡했다. 우리네 삶이 그렇듯 기계화 기호화되어 있다는데 놀라지 않을 수 없었다. 언제부턴가 우리네 삶은 그 기호들처럼 복잡하고 어지러웠다. 어지러움은 단순히 복잡함 때문만이 아니라 너무나 빠르게 변하는 속도에 있었다. 모두가 단거리 선수처럼 뛰어가는

데 나만이 느릿느릿 걸어가고 있는 느낌이었다. 그것은 마치 멀미와 같았다. 중국에서 돌아왔을 때 나는 그 멀미를 앓고 있었다. 멀미란 속도감을 따라가지 못했을 때 생기는 현상이다.

때때로 내가 살고 있는 사회가 참으로 낯설게 느껴진다. 노랗게 물들어진 머리와 얼굴, 그들의 말씨도 그들이 먹는 음식도 그들의 대화도 낯설기 그지없다. 나는 그야말로 이방인이 되어 버렸다. 이른바 중년이라는 나도 그럴진대 이 땅의 노인들은 이렇듯 빠르게 달라지는 우리 사회의 속도에 얼마나 심한 어지러움에 시달리고 있을까.

우리 어머니가 그렇다. 가족들이 모인 명절에도 어머니는 거실 한 쪽에 꿔다 놓은 소금자루처럼 앉아 있다. 언제부턴가 이방인이 되어버린 어머니가 끼어들 공간은 없다. 어머니 방에는 텔레비젼이 놓여 있지만 텔레비젼의 세계는 어머니처럼 낡은 세대에게는 낯선 세계일 수밖에 없고, 어머니가 볼 수 있는 프로는 없다. 어머니는 그 낯선 세계를 침묵으로 버티고 있는 것이다. 지금은 치매까지 앓고 있지만 어떻게 생각하면 치매라는 것이 그러한 사회적 멀미 때문이 아닐까라는 생각도 해 본다.

과거의 세대들은 지금의 세대들을 위해 온갖 가난과 어려움 속에서 헌신했다. 그러나 우리는 '따라올 테면 따라와 보라'는 식으로 앞으로 달리기만 한다. 과거 세대들과 같이 가려는 배려가 없는 냉혹한 현실이 우리의 모습이다. 그들에게 남는 것은 그저 어지러운 멀미뿐이다. 노인들이 기한 지난 통조림 같이 폐품 취급을 당하는 이런 사회가 과연 선진 사회라면, 사회 발전이란 무엇을 위한 발전이란 말인가.

2003년 10월 끝날
박명호

1

賤한 主流들 물러가다

촌놈과 상놈

1.

2003년 여름의 대구는 지난 봄의 그 터무니 없는 지하철 참사를 딛고서 세계의 젊은이들이 모여 한 마당 축제를 벌이고 있었다. 여느 해보다 자주 내리는 비는 아픈 기억을 씻어내리는 축복으로 여길 수도 있으련만... 온다만다 말도 많던 북녘의 선수들과 어여쁜 북녀 응원단까지 어우러진, 세계 젊은이들에게 가장 인상 깊은 신명나는 잔치 마당이 될 수 있었으련만...

그렇듯 따뜻한 마음으로 손을 내미는 한 쪽에선 그들의 상징을 불태우며 극단적인 저주와 적의감을 드러내고 있었다. 도저히 같이 살 수가 없는 극단의 두 부류가 공존하는 사회를 어떻게 설명할 수가 있을까.

2.

한 30년 전까지만 해도 장터가 있는 면 단위의 시골에서는 촌놈과 상놈이라는 적대적 정서가 팽배해 있었다. 장터 사람들은 산골 사람들을 경제력도 없고 시대에 뒤떨어진 촌놈이라고 깔봤고, 산골 사람들을 그런 장터 사람들을 돈밖에 모르는 상놈이라고 내려다봤다. 나라 전체로 보면 촌놈이라 업신여기는 시골 사람들은 그런 서울 사람을 서서 코 베 가는 야박한 놈이라 하지 않았던가. 물론 그것이 큰 사회 문제가 된 것은 아니었다. 삶에 양념과도 같은 재밋거리로 생각할 수도 있었다.

그런데 작금의 우리 사회의 형태를 보면 그러한 정서가 매우 뿌리가 깊다는 것을 알 수 있다. 정말 같은 핏줄기가 흐르고 있는지, 좁은 땅덩어리 안에서 공동의 운명을 지니고 살아가는 한 나라의 백성이 맞는지 의심스러울 정도다. 앞뒤가 꽉 막힌 고집불통의 촌놈들과 여유와 멋이라고는 전혀 없는 천박한 상놈들이 목청을 높이고 있는 것이 지금 우리들의 자화상이 아닌가. 크게 봐서 '남북 갈등'이 그것이고, 내부적으로는 이른바 '남남갈등'이 또한 촌놈과 상놈의 대립 정서이다.

3.

정몽헌 회장의 자살은 1970년대 초 일본 열도를 충격으로 몰아갔던 소설가 미시마 유끼오의 자살과 여러모로 닮은 점이 있다. 한 사회의 정점에 있던 인물이 스스로 모든 것을 포기해버리는 이

극단의 허무는 엄청난 충격 만큼이나 그 사회가 가지고 있는 문제를 단적으로 드러낸 것이라 할 수 있다.

정 회장의 자살은 '남남갈등'이 현재 우리 사회로서는 그 치유가 불가능함을 말해주고 있다. 그래서 그의 죽음은 사사건건 반목과 질시로 얼룩이져 있는 이 땅의 사람들에게 그것이 얼마나 부질없는 것인가를 웅변하고 있다. 그것이 한 개인의 죽음으로 끝나는 것이 아니라 구성원 전체의 파멸에 이른다는 그 극단의 허무는 이미 6.25 때 전투로 죽은 군인들보다 그 갈등으로 죽은 민간인이 몇 배나 많다는 것으로도 충분한 교훈이 되는 것이다. 그럼에도 이 땅의 촌놈과 상놈들은 그 죽음의 의미를 가지고도 서로 대립하고 있으니 안타깝기 그지없다. 우리는 필경 어느 한 쪽을 완전히 쓸어버려야 직성이 풀릴 듯하다. 그것을 가지고 마주 달리는 기관차라고 했던가. 상대편에 대한 그토록 뿌리 깊은 증오와 업신여김이 상존하는 한 생산적이고 건전한 토론 문화와 새로운 문화 창조역시 요원할 수밖에 없고, 지엔피 이만 불이라는 벽을 넘어 선진 사회로 나아간다는 것도 아득할 뿐이다.

4.

남쪽에서 보면 북쪽 사람들은 촌놈이며, 북쪽의 입장에서 남쪽 사람들은 상놈이라 할 수 있을 것이다. 중국의 조선족 사회에선 남쪽 사람을 '한국놈'이라 하고, 북쪽 사람을 '조선사람'이라 한다. 물론 그들은 정서적으로 북한과 가깝기 때문일 것이지만, 사실 돈은 많지만 졸부 기질이 강한 남한 사람과 돈은 없지만 민족적 자존심이 강한 북한 사람에 대한 그들 나름의 평가인 것이다.

한때(남북 정상회담 직후) 김정일 위원장의 인기가 대단한 적이 있었다. 온갖 부정적 이미지로 각인되어진 그가 전혀 다른 모습으로 나타났을 때 사람들의 충격은 대단했다. 그가 각별한 관심을 보였던 영화 식으로 말한다면 그야말로 자유 세계에 화려한 데뷔를 한 셈이다. 제아무리 연기로 치부한다 해도 그 연기에는 한계가 있는 법이고, 더구나 남북의 정상이 만나는 자리를 감안한다면 연기라는 용어는 적절치 않아 보인다. 사실 김정일 위원장뿐 아니라 우리는 이미 북한 사람에 대해 종전에 가지고 있었던 뿔달린 도깨비의 이미지는 오래 전에 무너지고 있었다. 그것은 탈북자들이었다. 중국이나 남쪽으로 심심찮게 넘어오는 그들의 모습을 보노라면 그 어디에도 도깨비를 연상할 수 없었다. 오히려 나약하기 그지없어 보이는 불쌍한 우리 동족일 뿐이었다.

십 수 년 전 중국과 교류가 시작되면서 중국 동포들이 몰려왔다. 그때도 우리 전후 세대는 아주 괴상한 사람으로 생각했던 이른바 '빨갱이'의 공산주의자에 대한 이미지의 혼란을 겪었다. 아니 저들도 우리와 다르지 않는 사람이 아닌가. 촌티가 주르르 흐르는 그 순진함에 놀라지 않을 수 없었다. 물론 그러한 충격과 혼란은 그리 오래 가지를 않았다. 왜냐하면 우리의 참 의식 속에는 '그러면, 그렇지. 제 아무리 공산주의자라 해도 같은 민족인데 뭣이 다르겠는가...' 하는 생각들이 있었기 때문이었다.

내가 처음 중국 동포들을 봤을 땐 하나의 신선한 충격이었다. 80년대 후반 나는 잠시 서울에 있었다. 서울역 지하도를 지나는데 지하도 벽 쪽으로 촌에서 금방 올라온 장사꾼들이 줄지어 앉아 있었다. 그런데 뭔가 이상했다. 그들의 표정이나 눈빛이 여느 시골 사람들과는 달랐기 때문이었다. 그래서 되돌아가 그들을 확인했다. 아니나다를까 중국 동포들이었다. 아무런 경계심이 없는 순진한 눈빛이었다. 나는 지하도 화장실에서 소변을 보다가 또 한번 놀라고 말았다. 거울 앞에 나타난 내 눈빛이 그들의 순진한 눈빛과 너무 대조적이었기 때문이었다. 우리의 눈빛이 우리가 모르는 사이에 남에 대한 경계심으로 얼마나 빤질빤질 닳아 있었는가를 알 수 있었다.

북한 동포를 봤을 때 그리 낯설지 않았던 것은 바로 중국 동포들 때문이었다. 지난 50여 년 동안 중국 동포와 북한 동포는 비슷한 환경에서 살았다. 그것은 분명 우리와는 다른 삶이었다. 우리 입장에서 보면 그들은 분명 촌티가 흐르는 촌놈이었고, 행동이 느리고, 또한 매우 게으르다. 그러나 반면 그들을 통해 우리를 살펴 보면 깍쟁이라 할 만큼 영악하고 부지런하다. 경쟁 사회와 비경쟁 사회의 차이인 것이다.

우리가 이제 새롭게 다가오는 북한 사람들을 그렇듯 이해하며 받아주면 어떨까. 머리에 뿔이 달린 괴뢰가 아닌 같은 동족의 모습으로 우리 앞에 나타나는 이 이미지 혼란의 시대에 바로 그런 안목이 보다 현명한 태도가 아닐까 한다.

5.

상황의 대 반전이 일어나야 한다. 엄연히 존재하는 촌놈과 상놈을 부정할 수는 없다. 그러나 촌놈은 그 고유의 장점인 순수성을 회복하여 고상함을 찾아야 하고, 상놈은 기술과 경제성을 바탕으로 한 단계 뛰어오른 멋과 여유를 찾을 때 우리 사회, 아니 우리 민족은 그 무한의 에너지를 발산할 것이며 새로운 세기 동북아 시대의 당당한 주인이 될 것이다.

상놈이 풍류를 알랴

동물의 세계에서 가볍기로 둘째가라면 서러워할 토끼란 놈이 어느날 '땅이 꺼지면 어떻게 하나...' 쓸데없는 걱정을 하다가 사과나무 아래에서 선잠이 들었다. 때마침 썩은 사과 하나가 머리에 떨어졌다. 놀란 토끼는 땅이 꺼지기 시작했다며 내달음질을 했다. 토끼의 호들갑에 이웃에 있던 다른 짐승들도 덩달아 내달리기 시작했다. 나중에는 숲 속의 대부분 짐승들이 뒤따랐다. 나무 그늘 아래서 낮잠을 즐기던 사자가 그 광경을 보고는 '도대체 땅이 꺼지는 것을 누가 봤단 말인가?'를 확인하니 모두가 남의 말을 듣고 도망치고 있었다. 결국 그 근원지가 토끼라는 사실을 안 사자는 토끼에게 확인을 요구했다. 제 자리에 돌아와 본 즉 썩은 사과였다.

이 우화는 오늘날 우리의 이야기가 되어버렸다. 언제부터 우리 사회가 이렇듯 '참을 수 없는 가벼움'에 이르렀는지 그 호들갑을 보노라면 과히 중병을 앓고 있다고 해도 지나친 말이 아닐 것이다. 남들이 휴가를 간다면 너도나도 따라나선다. 온 나라가 마치 휴가철에 휴가를 가지 않으면 큰일이라도 날 것 같이 몰려나간다. 엑스포니, 비엔날레니 하면 거기에 아무런 전문적 지식이나 관심이 없으면서도 우르르 몰려든다. 심지어는 별다른 내용이 없으면서도 관중동원에 연일 신기록을 세우는 영화가 있는가 하면, 베스트셀러의 소설들도 그런 허실이 있고 보면 일단 소문만 그럴싸하게 내면 그만이라는 출판사의 상술까지 보태져 진정한 독서문화의 형성을 가로막고 있는 실정이다.

일반적으로 휴가철 산천을 찾는 것은 그야말로 조용히 삶의 여유를 가지려는 것이고 보면 그렇듯 떼거리로 몰려드는 것은 뭔가가 모순이 돼도 한참 모순된 것이다. 얼마 전 일본의 대마도를 다녀왔다. 우리보다 사람도 몇 배나 많은 일본에서, 천혜의 관광지인 섬인데도 그야말로 잠들어 있는 것처럼 조용했다. 읍 단위의 제법 큰 마을에서도 술집을 찾기가 어려웠고, 일본의 백경에 들어간다는 아름다운 미우다 해수욕장에는 사람이 불과 열 명이 되지 않았다.

이른바 '유행'이라는 것은 자고로 상놈문화의 표본이다. 그 유행의식은 열등감과 소외감의 다른 모습이라 할 수 있다. 가벼움과 호들갑은 우리 조상들이 가장 삼갔던 행동거지였다. 일제 36년 동안 우리가 입은 가장 큰 해(害)는 선비문화에서 상놈문화로 주도권이 바뀐 것이다. '냄비근성', '들쥐근성', '전통무시', 등등으로 이야기되는 이 경박스럽기 그지없는 고질병은 천민자본주의와 상놈문화의 본질이다.

느긋하며, 무게가 있고, 신중한 태도, 거기에 풍류가 깃들어 있는 우리의 선비문화를 복원하지 않으면 우리는 문화적 면천(免賤)을 할 수 없을 것이다.

賤한 主流들 물러가다

지금 우리 사회에 보이지 않는 커다란 변화의 물결이 밀려오고 있다. 어쩌면 근 백여 년만에 가장 큰 변화인지 모른다. 그 변화의 동인(動因)은 지난 대선과 새 정권의 등장이다. 혹자들은 그것을 단순한 세대교체로 말하지만, 정확히 말하면 사회 주류의 교체라고 할 수 있다. 바야흐로 지난 한 세기 동안 한국 사회를 지배했던 주류들이 거(去)하고 있는 것이다.

그들이 누구인가.

그들은 한 세기 전에 역시 당시 주류인 양반을 밀어내고 새 주류로 등장했던 세력들이다. 그들은 엄격한 신분 사회에서 멸시와 천대를 받았다. 애초 그들에게는 민족이니, 이념이니, 도덕이니, 풍류니 하는 것은 하나의 사치에 불과했고, 또 그럴 수밖에 없었다. 그래서 그들은 명예보다 먹고 사는 문제, 곧 돈의 가치, 실리를 중시여기는 사람들이었다.

"화적떼가 있너냐? 부랑당 같은 수령들이 있너냐?... 재산이 있대야 도적놈의 것이오, 목숨은 파리 목숨 같던 말세(末世)년 다 지내가고... 자, 부아라. 거리거리 순사요 골골마다 공명헌 정사(政事), 오죽이나 고마운 세상이여... 으응? 제 것 지니고 앉어서 편안하게 살 세상, 이걸 태평천하라구 하는 것이여, 태평천하!"

한 세기 전 윤직원(채만식의 소설 태평천하) 같은 인물은 일제의 등장을 '태평천하'라고 목소리 높였다. 그들의 태평천하는 우리 민족사에서 가장 불행했던 외세에 의한 식민지배와 전쟁과 분단, 그리고 독재 정치로 얼룩이진 모순의 시대였다. 우리는 윤직원과 같은 인물들을 '놀부' 형이라고 한다. 묘하게도 놀부는 우리 문학사에서 가장 돋보이는 인물이라고 할 수 있다.

근대 사회로 접어들면서 신분에 따른 경제적 보장이 될 수 없었던 양반 계급이 몰락해가면서 그들은 서서히 기지개를 펼 수 있었다. 밀려드는 신문물과 자본주의는 그들에게는 물을 만난 고기와 같았다. 그 결정판이 일제 36년 이었다.

일제는 그들과 찰떡궁합이었다. 일제는 당연히 저항이 심했던 양반들을 멀리하고, 실리에 집착하는 그들과 손을 잡았던 것이다. 바야흐로 그들의 세상이 된 것이다. 그들에게는 그야말로 태평천하가 된 것이다.

그래서 그들은 남 먼저 상투를 자르고, 양복을 입었으며, 자녀들에게 신식 교육을 받게 했고, 유학까지 보냈다. 반면 양반들은 일제에 적극적으로 저항하거나 초야에 묻혀 버렸다. 세월이 흐르면서 양반들은 주류에서 완전히 밀려났고, 그들은 판사, 검사, 의사, 교사, 경찰, 공무원 등 정치, 경제 모든 방면에 진출해서 그들의 세상을 누렸다. 해방 뒤에도 그 主君이 일본에서 미국으로 바뀌었다는 것뿐, 정통성이 없는 정권들은 그들과 손을 잡을 수밖에 없었다.

그들은 당연히 조선적인 것을 싫어했다. 그렇다보니 전통의 멸시와 '새것' 콤플렉스가 심하고, 이념에는 말초신경적으로 반발을 하며, 형식을 거추장스럽게 여기며, 언제나 편리만을 추구했다. 그래서 우리 사회는 멋과 여유가 사라지고, 전통과 형식이 없는 경박하기 그지없는 사회가 되고 만 것이다. 이른바 빨리빨리의 냄비근성, 무질서, 환경파괴, 아파트뿐인 삭막한 도시의 주거지, 어그리 한국인 등은 그들이 만들어낸 우리 자화상이다.

미국식 문화와 종교에 세례를 받은 이승만 정권은 우리의 전통 신앙을 미신타파로 몰아냈고, 생각없는 군사 정권은 새마을 운동으로 우리의 전통 가옥을 걷어냈다. 그 결과 우리 삶에서 신명이 사라져 버렸고, 동네마다 도시마다 가지고 있던 유서 깊은 운치 또한 사라져 버렸다.

그들의 사회를 조선적 시각에서 보면 '상놈의 세상'이고, 좀 고상하게 말하면 '졸부의 세상'이라고 할 수 있다. 우리 사회에서 가장 중요하게 생각하는 일(형식) 가운데 하나가 제사인데, 역대 대통령들 가운데 제사를 지내지 않는 사람들이 다수였다는 것은 위 사실을 단적으로 증명해 준다. 정상적인 역사의 발전이라면 과거의 좋은 점은 계승하고, 나쁜 점은 고쳐나가는 것인데, 그들이 지배했던 우리의 근, 현대사는 과거가 깡그리 파괴되고 말았다. 그러면서 그들은 스스로 '보수주의자' 라 한다. 보수주의의 본질은 전통과 민족의 가치를 중시여기는 것인데 그들은 민요 하나 제대로 부르지 못하며, 같은 민족인 북한의 전멸을 원하는 반민족주의자들이고 전통을 파괴하는 단순한 수구주의자일 뿐인 것이다.

민족적 가치를 부정하는 그들이 어떻게 보수주의자이며, 도대체 그들은 무엇을 보호하고 지키고자 하는 것인가. 일제 시대 이후로 그들이 누렸던 기득권이다. 그들의 입장에서 보면 일제 시대 때 독립운동과 사회주의 운동은 자신들이 누리는 기득권을 위협하는 불온 사상이며, 해방 후 그들의 살길은 반공과 친미가 그들의 보호막이었으니 남북 간의 화해와 통일을 바라지 않는 것은 당연한 일이다.

그런데, 이제 그 주류들이 명(命)을 다한 것 같다. 정말 지긋지긋한 세월이었다. 일제가 망하면서 같이 청산되었어야 할 그 주류들이 반세기나 더 끌었던 것이다. 어떻게 보면 진정한 광복이 이제야 오고 있다는 생각이 든다.

광복의 의미는 본래 상태로 회복하는 것이다. 500년 조선의 역사를 망하게 한 것이 일제라면 광복이란 당연히 그 이전 상태인 조선을 회복해야 하는 것이다. 그런데 일제가 물러간 뒤에도 남쪽이나 북쪽에서는 모두 조선을 회복하지 않았다. 심지어 남쪽에서는 '조선'이라는 이름까지 버려 버렸다. 북쪽은 공산체제라는 특수성이 있다더라도 자유체제인 남에서 조선을 회복하지 않는 것은 그 주류가 반민족적이기 때문이었다. 해방된 조국에서도 조선의 왕족들은 오히려 일제 때보다 더 혹독한 탄압을 받았다. 진정한 광복이라면 조선의 법통을 회복하면서 현대적 정치 체제로 발전해야 하는 것이 아닌가. 영국이나 일본처럼 입헌군주제도 가능했을 것이고, 아니면 임금은 민족의 명예와 자존심을 유지하는 상징적 존재로 두고 다양한 자유민주주의의 정치 체제가 가능했을 것이다. 그랬더라면 우리의 정치는 훨씬 안정적이지 않았을까.

아무튼 늦은 감은 있지만 우리의 현대사를 오염시킨 그 장본인들이 물러가고 있다. 수구 보수의 온상이라는 한나라당 안에서도 그들은 이제 밀려나고 있다. 그것은 이제 누구도 거스릴 수 없는 대세가 된 것은 분명하다.

호랑이가 없는 사회

우리 사회에서 호랑이가 사라진 지는 이미 오래됐다. 무서움의 대상이었던 호랑이가 사라졌다해서 그리 나쁠 것도 없다. 한 세기 전까지만 해도 호랑이의 영역은 엄연했다. '산군자(山君子), 산신령'이라 해서 산의 세계는 호랑이의 영역이었다. 호랑이 담배 먹던 시절의 단군신화에서부터 600여 차례나 넘게 기록된 조선실록에 이르기까지 수많은 민담과 전설, 그리고 속담, 일상 언어에까지 세계 제일의 호담국(虎談國)이라 불리울 만큼 호랑이는 우리 생활 깊숙히 자리하고 있었다. 공식 기록으로는 남한에서 1922년 경주 대덕산에서 한 마리가 사살된 것이 마지막이었다. 그 뒤 호랑이 출몰 소식은 심심찮게 있었으나 믿을 만한 목격담은 없었다.

호랑이가 살 수 있다면 완벽한 생태환경이라 할 수 있을 것이다. 그런데 호랑이 멸종이 단순히 생태의 문제만은 아니다. 호랑이라는 존재가 우리 정신 세계에 끼친 영향은 매우 크다.

'사회에 어른이 없다'고 한탄하는 사람이 많다. 그것은 아마 사회적 성격이 버릇없고 경망스러움을 말하는 것이리라. 자라는 세대들은 거기에 한술 더 떠 도무지 무서움이 없다. 그것은 곧 잘못을 저지르거나 예의 없는 짓을 해도 꾸짖는 사람이 없다는 뜻이다. 요즈음 들어 학교에서는 아이를 엄하게 지도해달라는 학부모의 주문이 늘어나고 있다. 그러나 학교 역시 호랑이 선생님을 찾아보기 힘들어졌다.

몇 해 전 진주의 한 동물원에서 새끼를 빼앗긴 암놈 호랑이가 우리를 탈출했다가 불과 몇 시간만에 사살된 사건이 있었다. 새끼를 빼앗긴 호랑이가 잠시 흥분한 상태에서 우리를 탈출했다고는 하나, 이중 삼중 철망이 쳐진 동물원에서, 그것도 나약한 짐승에 지나지 않은 사육된 호랑이를 경찰 수십 명을 동원하여 바로 사살한 것은 우리 사회의 경박함을 그대로 보여준 것이라 하겠다. 더구나 그 해는 공교롭게도 호랑이 해였고 그것도 한 해 중 기가 가장 성하다는 정월 대보름날이었다.

연암의 소설 '호질(虎叱)'에 보면 그 제목이 말해주듯 당시 사회의 경박함과 도덕적 타락을 호랑이의 입을 통해 통렬하게 비판하고 있다. 호랑이를 등장시킨 연암의 의도는 분명하다. 이 세상에서 인간에게 위협을 줄 수 있는 것은 신(神)과 호랑이뿐이다. 하지만 신은 눈에 보이지 않는 추상의 존재이다. 호랑이는 우는 아이를 달래는 데서부터 경거망동(輕擧妄動)하는 선비를 꾸짖는

데까지 우리 정신 세계의 한 몫을 담당했다. 아직 법령이 제대로 서지 않았던 옛날에는 애매한 죄인을 호랑이가 사는 산에 묶어두고 그 판결(호랑이가 잡아 먹으면 유죄이고, 잡아 먹지 않으면 무죄)을 호랑이에게 맡기는 이른바 호형(虎刑)이 있었을 정도이니 우리에게 호랑이는 거의 신과 같은 존재라 해도 지나친 말은 아니다.

섬나라인 일본은 호랑이가 없다. 그래서 그들에겐 호랑이 콤플렉스가 있다 한다. 호랑이와 같은 위엄 있는 동물이 없음으로 해서 그들이 갖지 못하는 그 어떤 무게를 우리 사회에서 느끼고 있지 않을까. 아니나다를까 과거 일본은 같은 유교 문화권의 한국이나 중국보다 훨씬 경박스러웠던 것이 사실이다.

우리나라 어느 산 중에 인간이 감히 함부로 접근할 수 없는 호랑이의 영역이 있다면 지금처럼 자연을 마구잡이로 파괴하지 않을 것이며, 이토록 경박스런 사회는 되지 않았을 것이다.

아무튼 일본이 그렇게 부러워하던 호랑이는 이제 우리의 땅에는 존재하지 않는다. 호랑이가 아니라 늑대조차도 없다. 옛날 우리들에게 거침없이 꾸지람을 하던 이웃 어른들이나 엄하기 그지없던 호랑이 선생님이 새삼스럽게 그리운 것은 우리의 산에서 호랑이 울음을 들을 수 없어서가 아닐까.

馬와 象

'녹색의 대안을 찾아서'라는 주제로 열리는 한 세미나에 참석한 적이 있었다. 환경 운동하는 사람들이 모여 비교적 진지한 토론을 하고 있었지만 시간이 지날수록 나는 그 어떤 공허함을 지울 수가 없었다. 지리산 댐 건설이니, 새만금 사업이니 하는 정부의 반환경 정책과, 세계화에 대한 문제점 등 백 번 지당한 말씀들이었지만, 심지어 그래서 열심히 싸워야 한다는 것도 당연했지만, 뭔지 모를 공허함과 답답함을 느꼈던 이유는 바로 거대 담론 때문이었다. 명색 그날의 주제가 '녹색의 대안'을 찾는 것인데 그 구체적 대안은 없고, 녹색의 당위성만 확대 재생산되고 있었다.

지난 수십 년 동안 우리 사회는 '민주화'라는 거대한 담론의 시대였다. 하기사 거대 담론이 우리 사회를 지배했던 것이 굳이 앞선 수십 년뿐이 아니었다. 조선 후기 북벌론이 그랬고, 일제강점기에 민족 해방의 과제가 그랬으며, 해방 뒤에 통일 문제가 그랬다. 그러한 상황에서 개개인의 삶의 질을 추구한다든지 하는 것은 아주 사소한 일로 취급되거나, 이기주의자로 배척되었다.

60년대 신세대의 선두 주자로 혜성처럼 나타난 소설가 김승옥은 해방 공간과 전쟁이라는 격동의 시기를 거치면서 거대 담론에 갇혀 있던 당시 젊은이들에게 감각적인 언어와 사소한 것에 관심을 그려내어 신선한 충격을 던진 바 있다. 하지만 곧이어 터진 유신과 군부 독재로 다시금 거대 담론에 짓눌리고 말았다. 그래서 지금의 이른바 운동하는 사람들의 사고의 틀은 거기에서 헤어나지 못하고 있는 것이다.

환경문제 하나만 보더라도 그 궁극의 문제는 구체적 삶의 질을 향상시키는 것이다. 웬만큼 사회적 공감대를 형성했으면 그 구체적 실천의 방안들도 쏟아져 나와야 하고, 또한 운동하는 사람이라면 그것을 실천한 사례들도 나와야 그 논의가 진전되는 것이 아닌가. 물론 그러한 실천을 하는 사람들이 있기는 하지만 그것은 무성한 논의에 비하면 극소수에 불과하다. 일본의 경우 전국에 수많은 친환경적인 공동체 마을이 있고, 녹색 교육으로서 대안 학교는 지금도 엄청나게 생겨나고 있다 한다. 뿐만 아니라 우리보다 후진국이라고 생각하는 스리랑카 같은 나라에서는 '사르보다야' 운동이라 해서 개인과 공동체가 자신의 미래를 스스로 결정하고 건설하는 환경 친화적이며 문명에 대한 각성의 운동이 전국의 절반에 가까운 마을에서 일어나고 있다는 것이다. 하지만 우리의 경우는 여전히 담론 수준에 머물러 있으며 실천이라야 기껏 시위를 하거나 하는 방어적 방법뿐이다.

그런 면에서 조선 후기의 실학이 뿌리를 내리지 못하고 실학사상으로만 끝나버린 것은 시사하는 바가 크다. 물론 당시 연암 같은 분은 실학의 실천적 대안을 제시하며, 또한 말로만 떠들던 북벌론의 허구성을 날카롭게 비판을 했지만 결국 담론만 일삼는 분위기에 묻히고 말았다.

중국에서 코끼리(象)는 실존하지 않는 동물이며, 말(馬)은 실존하는 동물이다. 그래서 코끼리(象)는 담론이며, 말(馬)은 실천이다. 지금 우리 사회의 집단의식, 거대 담론은 마치 장님 코끼리 더듬는 것 같이 공허하기 짝이 없는 것이다. 그것은 비단 운동하는 사람이나 지식인뿐이 아니라 우리 국민들 모두가 너무 정치적이다. 경제가 조금만 어려워도 모두 정치 탓으로만 돌린다.

정말 우리는 이제 작은 것에 관심을 가지자. 내 이웃이 어떻게 살며, 그들이 어떤 고민과 즐거움에 있는지, 아니면 길거리 지나다가 휴지 하나라도 줍는 일에 관심과 그 즐거움을 논하면 어떨까. 눈감고 코끼리 등을 어루만지기보다는 말을 타 보는 것이 훨씬 탄력적이고 생기 있는 삶이 아닐까.

아버지의 편지

늦은 가을 참으로 오랜만에 오래된 친구로부터 엽서 한 장이 날라왔다. 도회지가 싫어서 경북 어느 산골 오지 학교로 자리를 옮긴 친구의 엽서 속에는 가을 냄새가 잔뜩 묻어 있었다. 날씨가 너무 좋아 황악산을 갔고, 거기서 落葉을 하나 주웠다면서 그야말로 낙엽 같은 시가 한 줄 적혀 있었다. 가을이 제 무게에 겨워 스스로 무너지듯 엽서는 가을 깊은 어느날 내게 그렇듯 밀려왔다. 가을의 짙은 향수가 물씬 풍겼다.

그날 수업시간 내용은 마침 편지글에 대한 것이었다. 아버지가 도회지에 나가 공부하는 자식에게 보낸 편지였다. 나는 그 글을 읽다가 눈물이 왈칵 쏟아질 것 같아 참느라 애를 먹었다. 옛날 내 학창시절 아버지로부터 받은 편지가 생각났기 때문이었다. 학교를 다닌 적이 없었던 아버지의 편지는 철자법과는 전혀 거리가 멀었다. 그런데 아버지의 그 꾸불꾸불한 필치가 내 눈시울을 자극하고 있었다.

날씨가 너무 좋아서, 단지 날씨가 너무 좋아서 여행을 떠났고, 그리고 옛 친구에게 문득 엽서를 보냈듯이, 나 역시 단지 편지 때문에 이미 돌아가신 지 스무 해나 된 아버지에 대한 그리움이 치밀어 오른 것이다.

아이들은 아마 편지글을 읽는 내 눈시울의 이상증후를 눈치채지 못했을 것이다. 설령 눈치를 챘다고 해도 그런 나를 이해할 수 없었을 것이다. 교실 가득한 아이들의 눈빛 속에선 그 누구도 아버지로부터 편지를 받은 흔적은 없어 보였다. 기껏 또래의 친구들로부터 몇 통의 편지가 고작일 것이다. 그들은 웬만한 일에도 감동하지 않는다. 편지뿐만 아니라 시를 읽어도 소설을 읽어도 감동하지 않는다. 향수(鄕愁)라는 낱말을 가슴으로 느끼지 못하고 머리로만 파악하는 그들에게 문학작품이란 단순한 학습교재 이상의 의미는 없다.

옛날에는 한 통의 편지에도 한 줄의 시에도, 아니 아주 작은 일에도 감동을 했다. 감동이 사라진 곳에는 서로에 대한 무관심과 짜증이 팽배한다. 눈빛과 언어는 쇳조각처럼 날카롭고 신경질 적이다. 공중전화부스에서 전화를 오래 건다고 살인할 정도이니 문제가 심각한 사회인 것은 분명하다.

교실은 사회의 축소판이다. 한 해가 무섭게 인정이 말라가고 인간의 냄새가 사라지고 있다. 자율학습 감독을 하다보면 옆에 아이가 떠들어대도 전혀 개의치 않고 제 공부만 한다. 가만히 보면 밖의 소리를 차단하는 귀막이를 하고 있다. 처음 한둘 이던 것이 요즘 제법 눈에 많이 띈다. 남들이 떠들던 말던 제 교실이 엉망이던 말던 나만 공부하면 그만이다는 철저한 개인주의적 사고가 팽배한 것이다.

그런 아이들에게 편지를 이야기하며 눈시울을 붉힌다는 것은 그야말로 고리타분한 전설로 여겨질 것이다. 그렇다면 우리는 무엇을 위해 살며, 무엇을 위해 공부하고, 노력하며, 도대체 더 나은 미래란 무엇인가. 어차피 인간이 사는 세상은 인간의 정(情)이 가장 중요하고 그것이 삶의 한 가운데에 있지를 않을 때 삶은 병들고 시들 수밖에 없잖는가.

정말 우리는 편리한 세상을 살고 있다. 하지만 편리 이면에 정작 중요한 그 무엇을 잃어가고 있다는 것을 알아야 한다. 그래서 오랜 친구나 친지에게 전화로 안부를 물을 것이 아니라 한 줄의 엽서라도 보내는 마음의 작은 여유를 찾아야하지 않겠는가.

이상과 찰리 채플린

'시인은 잠수함의 토끼'란 말이 있다. 토끼는 산소에 아주 민감하다. 그래서 잠수함에 토끼를 기른다. 만약 산소가 부족하면 토끼가 먼저 반응을 한다. 사회가 오염되면 가장 먼저 반응을 일으키는 사람은 시인이다.

박제가 되어버린 젊은 천재 이상은 1930년대 우리 사회의 잠수함의 토끼와 같은 존재였다. 이상이 살았던 1930년대 서울은 근대화가 한창 진행중에 있었다. 근대화의 다른 이름은 서구문명화이다. 인간이 모든 것을 지배하던 인간 중심의 사회에서 서구의 기계문명이라는 것은 괴물과 같은 것이었다.

당시 이상이 가장 견딜 수 없었던 것은 시간이었다. 시계는 당시 문명의 상징이었다. 일찍 신식화된 신사들의 호주머니에는 자랑스런 시계가 들어 있었고, 서울역을 비롯한 큰 건물 꼭대기에는 커다란 시계가 걸려 있었다. 게다가 그 시간을 각인시키는 싸이렌 소리가 아침 여덟 시와 정오, 그리고 자정에 울렸다. 그 싸이렌은 자연의 감각으로 살아가던 당시 사람들을 기계의 작동에 따라 움직이도록 하는 새로운 개념의 시간 길들이기였다. 아침 싸이렌에 맞추어 출근하고, 정오 싸이렌에 점심을 먹고, 자정 싸이렌에 잠을 자도록 길들이는 것이었다.

찰리 채플린의 '모던타임즈'는 바로 그 점을 비판한 영화였다. 도시 사람들은 점차 기계에 부속품처럼 그 시간에 맞추어 살아가기 시작했다. 시계의 보급이 늘어가면서 모임이나 약속은 물론이고, 삶에 있어서도 그만큼 그 시간에 얽메이게 되었다. 시간에 얽메인 만큼 인간적 공간은 줄어들었다.

그래서 이상은 소설 '날개'에서 여자와 남자, 안과 밖, 낮과 밤의 역할을 전도시켜 버린다. 그리곤 종국에 문명의 한복판인 종로 네거리에서 정오의 싸이렌이 울릴 때 겨드랑이에 날개가 돋는 꿈을 꾼다. 이는 반인간적인 문명에 그가 얼마만큼의 극단적 반발을 하고 있었는가를 단적으로 보여 주는 것이라 할 수 있다.

요즈음 들어 부쩍 인간성 상실이라는 말이 많이 나온다. 특히 대형 사고가 터질 때마다 결론은 인간성 상실이라는 문제였다. 일이차 세계 대전이 휩쓸고 지나간 그 황폐한 금세기 초 중반에 서구인들이 도달한 결론은 바로 인간들이 그렇듯 맹종하던 근대주의, 그 과학 문명이 가져다 준 인간성 상실이었다. 그 시절 우리는 아직도 거기까지는 눈을 뜨지 못한 것 같았다. 하지만 이상은 그 새로운 사회에 온 몸으로 저항했다. 이상의 저항은 남들과 같은 정치적 이유가 아니라 인간의 근본적인 삶에 대한 문제였다. 그런데 우리 사회에서는 그러한 문제가 중요 이슈가 되지 못했다. 그것은 지금도 마찬가지다. 대형 사고가 터질 때 반짝 떠들다가 이내 잊어버린다. 그래서 사람다운 문화가 형성되지 않는다.

지난 주말 대구에 가려고 역으로 갔다. 긴 줄을 서는 것은 세월이 흘러도 변함이 없었다. 그깟 줄서기 정도의 불편함은 감내할 수 있었다. 하지만 막상 표를 사려니 모두 입석표뿐이었다. 그것마저도 매사 치밀하지 못한 내 평소 습성을 탓할 수 있었다. 갑갑한 객실 안이나 바깥 통로나 손님들로 꽉 찼고, 빈틈 하나 없는 유리창과 문은 꽉 닫쳐 숨이 막힐 지경이었다. 먼길 행차였다면 큰 낭패가 아닐 수 없었다. 여기저기를 기웃거리다가 겨우 공간을 확보한 나는 눈을 지긋이 감고 올라오는 짜증을 삭일 수밖에 없었다.

주말이면 사람이 몰려드는 것은 당연하고, 그러니 자리가 없는 것이고, 자리가 없다보니 입석이라도 타고 가는 것을 오히려 고맙게 생각해야지 않는가. 그런데 한편으로 이런 생각도 들었다. 주말이면 손님이 많다는 것은 일상이고, 그렇다면 당연히 열차를 증편해서 손님들의 편의를 제공해야지 않는가. 또한 거의 비슷한 요금으로 입석표를 발매한다는 것은 일종의 폭리라고 할 수 있다. 이렇듯 콩나물 시루 같이 사람을 그 무슨 짐짝 취급하듯 해서 되는가. 그렇게 말을 하면 이런 반론을 펼 것이다. 주말의 이틀을 위해 5일 동안은 쉬는 열차가 많아 경제성이 맞지 않는다. 그것은 바로 인식의 차이일 것이다. 손님들의 편의성과 경제성 어느 쪽을 더 중요시 여기는가의 차이이다. 다시 말하면 사람을 위하는 문화의 성숙도가 되는 것이다.

사람답지 않는, 곧 사람이 중심에 있지 않는 우리 사회의 문화 인식을 보면 굳이 기차뿐이 아니다. 문화라 했을 때 이미 생활 습관이나 사고의 방향이 고질화되었다는 말이다. 삼풍 백화점, 씨랜드, 인천의 호프집 화재, 대구 지하철 참사 등과 같은 건축 문화에서부터 방부제 두부, 표백제 도라지, 농약 콩나물의 먹거리에 이르기까지 사람다운 문화는 찾기가 어렵다.

사람다움을 가장 강조해야 할 교육에서도 마찬가지다. 인간 교육의 중요성을 모두가 떠들어대지만 기실 흘러가는 방향은 언제나 반대쪽이다. 교육 개혁 운운하면서 기껏 첨단 기자재나 늘일 뿐이다.

모든 면에서 사람을 먼저 생각하는 사람다운 문화를 위해서는 사고의 대전환이 필요하다. 유럽 사람들이 세계 대전이란 값비싼 결과 뒤에 다다른 깨달음처럼 우리도 꼭히 '죽어야 저승 맛을 아는가'. 어쩌면 이런 역설이 가능할 지도 모른다. 삼풍 백화점 사고나 대구 지하철 참사와 같은 사고가 한 달에 한 번 꼴로 일어나야 한다.

타 협

"휴대폰은 업고요, 삐삐가 있는데..."

대화 중 이 대목에 이르면 열에 아홉은 웃는다. 그 웃음의 의미
는 사뭇 여러 가지로 해석이 될 수 있다. '아직도 이런 분이 있다
는 것이 존경스럽다'에서부터 '고리타분한 구닥다리'까지... 그래
서 나는 상대가 나에게 휴대폰 번호를 물어오면 무척 곤혹스럽다.
하는 수 없이 주변의 강요에 못 이겨 얼마 전에는 휴대폰을 가지
게 되었다.

기계문명에 대해서 본능적 반발이 강한 나는 자동차와 비디오
와 컴퓨터는 결코 갖지 않으리라 내적으로 결심한 바가 있었다.
그러나 어느 날 처형이 가져왔다는 비디오를 거부하지 못했고, 컴
퓨터는 긴글을 쓰는 입장에서 수정과 정서(正書)의 엄청난 편리
함 때문에 내 생활의 일부가 되어버렸다. 하지만 자동차는 아직
완강하게 버티고 있다. 그것마저 언제 또 타협을 할지 모르지만.

송창식, 양희은 같은 포크송에 젖은 나에게 조용필이 등장했을

때도 강한 거부반응이 생겼었다. 그러나 그 뒤 구창모가 등장하면
서 '조용필까지 봐 줄 수 있지만 구창모는 못 봐 주겠다. 김건모가
나왔을 때 구창모까지 봐 줄 수 있지만 김건모는 정말 봐 줄 수 없
다.' 그런 식으로 자꾸 타협해갔고 결국 서태지 이후로는 더 이상
타협을 할 수 없었으므로 그 뒤부터는 아예 대중가요와는 담을 쌓
고 말았다.

패션도 앞주름이 있는 바지가 유행할 때 나는 한사코 거부하다
가 마지못해 주름이 있어도 정도가 심하지 않는 것으로 타협했고,
귀쪽이 움푹 패이는 머리 모양이 유행할 때도 그랬고, 말씨도 점
차 서울말로 변해가는 세태에 사투리로 저항을 하는 데까지 하다
가 조금씩 타협을 하고 마는 것이다.

한때는 대쪽같이 곧은 심성, 타협을 모르는 의지가 굳은 사람,
높은 이상을 위하여 현실과 절대 타협하지 않는 대쪽 같은 성품을
흠모했었다. 그래서 이육사를 존경했다. 나이를 먹으면서 세상에
적당히 구슬리고, 적당히 때가 묻고, 멍들기도 하면서 점차 이육
사보다는 윤동주 쪽에 동정이 갔고, 급기야는 서정주까지도 어느
정도 이해하는 마음을 가지게 되었다.

아무튼 그러한 문명들이나 새로운 삶의 방식들이 우리의 삶을
편리하게 하며, 새로운 가치들을 만들어가기는 하지만 왠지 중요
한 뭔가를 잃는다는 느낌은 지울 수가 없다. 주변의 사람들이 너

무 쉽게 타협을 하는 것 같아 그것이 안타까울 따름이고 그래서 나는 가능한 버텨보는 데까지 버텨보는 것이다.

경상도 사람으로서 '물 한 컵 주세요.' 라는 말도, '물 한 컵 주소.' 라는 말도 못해서 '물 한 컵 줘요.' 로 서울말과 타협을 할 수 밖에 없는 내가 한심스러울 뿐이다.

지붕을 올리자

일본이나 중국을 가 보면 맨 먼저 눈에 띄는 것은 바로 간판의 글씨다. 중국의 간판들은 주로 붓끝의 멋을 마음껏 부린 시원한 명조이고, 일본은 굵기와 가늘기의 조화를 잘 이룬 아담한 예술적 글씨여서 간판들이 거리의 멋에 한 목을 하고 있다는 느낌을 받는다. 그러고 보면 우리의 간판들이 무미건조하고 딱딱하기 그지없는 고딕체 일색이라는 사실을 알 수 있다. 특히 중국의 기차역 이름은 글씨 자체가 하나의 명물일 만큼 멋이 있다. 우리 나라도 과거에는 시골 조그마한 현청사 간판에도 당대 명필의 글씨를 모시는 멋이 있었다.

간판뿐이 아니라 건물들은 어떠한가. 그저 고딕체 글씨처럼 네모번득한, 멋이라고는 찾을 길 없는 무미 건조하기 그지 없는 건물들뿐이지 않는가. 과거에는 건물을 지으면 그것이 도시 한 복판이건 시골이건 금강산 폭포 옆이건 간에 자연과 잘 어울려 미감을 자아냈지만, 요즈음엔 건물이 들어서면 그 자체가 아름다움을 해치는 흉물이 되고 만다. 아파트나 대형 건물이 하나씩 늘어날 때마다 도시의 미관은 그만큼 손상되는 것이니 건물을 짓는데 얼마나 미적인 면을 도외시하고 있는가를 알 수 있다.

새마을 운동으로 초가집을 모두 걷어내고 스레트 지붕으로 바꿈으로 전국 농촌의 정취를 없애 버렸다. 그 당시 정책 입안자들이 조금이라도 멋을 아는 사람이었다면, 아니 조금이라도 식견이 있는 사람이었다면 우리 선조들이 가지고 있던 미감을 해치지 않고서 집들을 개량할 수 있었을 것이다. 지금의 농촌도 현대식 가옥으로 바뀌지고 있지만 그 건물들이 하나같이 네모번득한 콘크리트 건물로 우리의 자연과는 전혀 어울리지 않는 볼썽 사나운 건물들이다. 일본은 전통 가옥의 멋을 그대로 유지한 채 개량해서 전통의 정취가 그대로 살아 있다. 그것을 봤을 때 한편으로 부럽기도 하면서 다른 한편으로는 우리의 멋을 그렇게 쉽게 팽개쳐 버린 우리가 안타깝기 그지 없었다. 그건 경제력 때문이 아니다.

아파트는 논외로 치더라도 특히 우리 건물들의 볼썽사나움을 선도하는 것은 공공 건물들이다. 전국의 모든 초중등학교의 교사(校舍)가 하나 같이 똑같은 형태에 똑같은 색으로 도색되어 있다. 아무리 나라 살림이 어렵다 해도 최소한의 미학은 고려했어야 했고, 각 학교 나름의 개성과 분위기는 있어야 하지 않겠는가. 아니면 에이, 비이, 씨이형 정도라도 설계를 제시하여 선택하게 했으면 지금처럼 전국의 모든 학교가 똑같은 모습의 교사는 아닐 것이다. 공공 건물의 획일적 모습은 비단 학교뿐이 아니라, 법원이나 검찰청, 면사무소나 시청도 똑 같은 모습이다.

몇 천억이란 엄청난 거액으로 지은 부산 시청사를 보면 화가 치밀 정도다. 어떻게 앞으로 백 년을 갈 시의 상징 건물을 그렇듯 멋대가리도 없이 지었을까. 최소한 코모도 호텔처럼 옥상에 기와 지붕이라도 올렸으면 나름대로 운치라도 있을 것인데. 부산 시민 그 누구도 시청사를 자랑스럽게 생각하지 않는다. 시청사뿐이 아니다. 한 도시를 대표할 만한 건물이 없다. 그것은 기껏 고궁 정도의 유적밖에 없는 서울도 마찬가지일 것이다. 유구한 역사를 자랑하는 독립국가의 정부청사가 일제 때 지은 총독부 건물보다 명물이 되지 못하는가. 해방 이후에 지은 건물 가운데 후대에까지 자랑거리가 될 만한 것은 없다. 최소한 공공의 건물은 모두가 아끼고 싶어하는 건물이 되도록 지어야 한다. 예산이 모자라면 규모를 줄여서라도 미적인 면을 고려해야 한다.

우리나라의 건축은 예술의 범주에 들어와 있지 않다. 그 건축가를 양산하는 모든 대학의 건축학과는 공과대학 소속이어서 건물의 경제성과 편리성만 추구하는 이른바 '공돌이'의 수준을 넘어서지 못하고 있는 것이다.

근본적으로 우리의 문화 수준이 문제다. 이제는 개발과 성장제

일주의에서 여유를 가지고 눈을 돌려야 할 시기가 온 것이다. 천
민자본주의에서 묵향이 풍기게 해야 한다. 멋을 되찾아야 한다.
멋은 삶의 여유에서 온다. 그 삶의 여유에서 새로운 사회적 탄력
이 발생하는 것이다.

　최근 전통의 미학을 살린 건물들이 하나 둘 지어지는 것은 그나
마 다행이다. 이참에 앞으로 짓는 공공 건물들은 최소한 지붕만이
라도, 그것도 기왕이면 기와 지붕을 올리는 실천을 하면 어떨까.
분위기가 훨씬 한국스럽고 운치가 있을 것이 아닌가.

철길

    나는 올해도 꽃피는 섬진강 구경을 갈 수가 없었다. 한밤이나 새벽녘에 움직이든지 아니면 직장에 결근하고 평일에 가지 않으면 그 짜증스런 도로 사정을 피할 수가 없기 때문이다. 모름지기 꽃구경이라는 것은 마음껏 여유를 부리는 것인데 대한민국의 교통 사정이 어디 느긋하게 구경 한번 제대로 할 수 있도록 버려두지 않는다. 게다가 꽃이란 것이 사시사철 피는 것이 아니고 보면 불과 몇 주 상간에 전국의 사람들이 몰려드는 것은 당연지사가 아닌가.

    경부고속도로가 놓여진 지 삼십 년 동안, 아니 지금까지도 전국 어디를 가든 길닦기 공사가 계속되고 있다. 그래서 88, 중부, 호남, 영동, 남해, 중앙 등 사방팔방으로 고속도로가 생겨났고, 그 고속도로와 비슷한 수준의 국도 또한 거미줄처럼 연결되어 있다. 그런데도 명절이나 휴가철은 물론이요, 평범한 주말에도 곳곳에 차량의 정체는 갈수록 심해지고 있다. 주말에 모처럼 바람쐬려 다녀올라치면 영락없이 길 위에서 그만 지쳐버리고 만다. 후진국이든 선진국이든 이 지구상에 이런 나라가 있을까. 기차가 있지만 경부선을 제외하고는 제대로 이용할 수가 없다.

우리나라의 기차길은 대부분이 해방 전에 놓여진 것이다. 지금껏 우리가 스스로 놓은 기차길이라야 영동선, 경전선 등 극히 일부 구간뿐이다. 지난 30년 동안 수많은 고속도로와 국도 지방도를 새로 놓고, 확장포장했으나 철길은 있는 철길도 철거했고, 해방 전 기반공사가 거의 마무리된 동해중부선(포항~강릉)마저도 방치했다.

현재 우리의 도로는 차가 거의 다니지 않는 한가한 산간 오지에까지 포장되어(이것은 분명 국가적 낭비다) 거의 완벽하리 만큼 길들이 얽혀 있다. 그럼에도 불구하고 우리의 교통 체증은 갈수록 더 악화된다. 휴일이나 명절이면 길이 막혀 거기에 낭비되는 시간적, 경제적 비용은 엄청나다. 게다가 체증으로 빚어지는 정서적 짜증은 어쩌면 경제 비용보다도 훨씬 큰 것인지도 모른다.

이제는 휴가철이나 휴일에 어디 이름 난 곳을 편안한 마음으로 찾아가기란 불가능하다. 이 좁은 땅에서 여행 하나 마음놓고 할 수 없다는 것은 우리의 교통 정책이 얼마나 빗나가고 있는 것인가를 단적으로 말해준다 하겠다.

좁은 땅덩어리에다가 산이 많은 한정된 공간과 높은 인구 밀도는 아무리 길을 넓혀도(길을 넓히는 것도 땅값이 비싸기 때문에 한계가 있다) 늘어나는 차량을 감당하기가 어렵다. 한정된 공간에서 대량으로 수송할 수 있는 것은 기차만큼 효과적인 것이 없다. 그것은 대도시 교통 정책도 마찬가지다. 진작에 지하철이나 경전철을 우선적으로 건설했더라면 지금과 같은 답답한 도시는 아니 되었을 것이다.

길이 막히고 시간이 지체되면 사람들은 승용차를 가지고 나오는 것보다 대중 교통이 편리하다는 것을 인식하게 되고 자연히 그쪽을 많이 이용하게 된다. 하지만 지금은 대중 교통을 이용하려 해도 불편하기 그지없다.

그것은 시내뿐이 아니라 시외도 마찬가지다. 철길이 놓인 곳이 제한되어 있고, 있는 철길마저도 경부선을 제외하고는 너무 뜸한 배차 시간으로 불편하기 그지없다. 그러니 무리해서라도 승용차를 몰고 원거리를 갈 수밖에 없고 그러므로 휴일에 교통량은 더욱 많아지고 길은 그만큼 막히는 악순환이 거듭되는 것이다. 게다가 큰눈이라도 내리면 전국적으로 교통대란이 발생하는 것을 피할 수 없게 된다.

철길보다 도로를 우선시하는 정책은 땅이 넓은 미국에나 통용되는 것이다. 지금이라도 우리는 유럽이나 일본처럼 철길이 교통의 중심이 되어야 한다. 기차는 또한 환경의 시대에 친환경적인 교통수단이 아닌가. 그래서 최소한 자신의 승용차가 아니더라도 쉽게 어디든 목적지에 갈 수 있는 철길을 많이 건설해야 할 것이다.

자동차 문화

우리나라의 자동차 보유대수가 1,000만 대를 넘어 바야흐로 꿈에도 그리던(?) 가구당 한 대의 시대가 도래한 것이다. 이른바 집집마다 자동차가 있는 사회란 우리가 그렇게 바라마지 않던 선진 사회의 진입을 의미하는 것이기도 했다.

그렇다면 과연 집집마다 자동차가 있는 지금의 우리 사회가 우리가 그렇게 바라던 그 살기 좋은 선진 사회인가. 아니 과거와 비교해서 삶의 질이 그만큼 향상되었는가. 이런 질문에 선뜻 긍정할 사람은 많지 않을 것이다. 자동차 보유대수가 늘어났다고 결코 좋은 사회로의 발전이라고 할 수는 없다. 어쩌면 차가 늘어날수록 그만큼의 문제와 걱정거리가 늘어난 것이다. 인간이 살아가는 데 가장 중요한 공기 오염의 주범은 바로 자동차 배기가스이고, 출퇴근 때나, 휴일이나 휴가철 이동하는데 가장 큰 불편을 주는 것은 바로 이동하는 그 스스로의 자동차로 인한 체증이며, 집밖에 나간 아이들이 마음놓고 놀 수 없는 것도 자동차 때문이다.

그것뿐이 아니라 자동차가 우리에게 끼치는 피해를 열거하자면 끝이 없을 것이다.

88고속도로가 건설되고 십 년 동안(2001년까지) 그 도로 때문에 죽은 사람이 450명이라는 통계가 있다. 일 년에 40명, 평균 10일에 한 사람 정도가 그 도로 위에서 교통사고로 죽었다.

생각을 한번 바꾸어 보자. 88고속도를 건설하려는데 열흘에 한 사람은 그 도로에서 죽어야 한다는 전제가 있다면... 과연 그 고속도로를 건설했을까. 최소한 아무런 고민도 없이 마구잡이로 건설하지는 않았을 것이다. 약간의 불편함이 있더라도 그냥 살려 하지 않았을까. 한 사람이 죽으면 그와 관련해서 주변의 얼마나 많은 사람에게 정신적인 고통을 가져다 줬을까. 또한 어디 죽은 사람뿐인가. 중상으로 불구가 된 사람 등등 따지면 그 정신적 피해라는 것은 우리가 그 도로 때문에 발생하는 편리함보다 훨씬 큰 것이 아닐까. 길을 내면 무조건 좋다는 생각을 하지는 않았을 것이 아닌가. 그와 같은 예는 88고속도로뿐 아니라 모든 도로가 마찬가지일 것이다. 먼지 날리던 마을의 가운데 길이 시원스레 포장되었다고 좋아하던 마을 사람들이 그 길이 포장된 뒤로 마구 달리는 차들로 인해 교통사고가 빈번하게 일어나고, 심지어는 죽는 사람까지 여럿 생겨났고, 그전까지 아무런 걱정 없이 건너다니던 길이 위험스런 장애물이 되어 마을은 완전히 두 동강이 나 버린다.

길을 내는 것이, 길을 넓히고 포장하는 것이 무조건 좋은 것이 아니라는 것을 생각할 때가 됐다. 마찬가지로 차를 가지는 것이 가지지 않는 것보다 무조건 좋은 일이란 사고방식 역시 그렇다. 내 한 사람이 차를 가짐으로 그만큼 길은 복잡해지고, 또한 그만큼 공기는 오염되며, 잘못될 경우 남의 생명까지 앗아갈 수 있는 무서운 흉기를 몰고 다닌다는 생각을 해야지 않을까.

하루 평균 30명이 죽어가는(지금 지구상의 그 어떤 전쟁도 이렇듯 많이 죽지는 않는다) 지금과 같은 우리의 자동차문화를 바꾸어야 한다. 그럼에도 끊임없이 보유대수를 늘이고, 그 차들이 다니는 길을 새로 내고 넓히는 데 온 힘을 기울인다. 그래도 우리의 길은 여전히 짜증나는 체증 현상이 해소되지 않을 것이며, 그 길에 전쟁을 치르는 것과 같은 사람들이 죽어갈 것이며, 자동차로 인한 우리 삶의 질은 떨어져만 갈 것이다.

묘지는 살아 있는 사람의 공간이다

지난 식목일 평소 가까운 작가 몇몇이서 언양 어느 산골 마을에 답청(踏靑)놀이를 갔다. 진달래 벚꽃이 한창인 산골은 더없이 아름다운 곳이었다. 마침 마을이 빤히 내려다 보이는 양지녘에 잔디가 잘 가꾸어진 무덤이 있어서 우리는 그곳에서 진달래 꽃잎을 따서 술잔에 띄우기도 하면서 봄의 운치를 즐기기에는 더없이 좋고 편한 곳이었다. 요즈음은 산에 나무가 우거지고, 사람들이 찾지 않아 이름난 등산길이 아니고서는 그렇듯 편하게 자연을 즐길 수 있는 공간을 찾기가 쉽지 않다. 산에 나무만 꽉 들어차 있는 것보다는 간혹 좋은 길목에는 쉼터와 같은 무덤이 있는 것이 좋은 것 같은데 왜 도시 근교의 대단위 아파트 같은 공동묘지에 묘를 쓰거나 화장을 하려는지 무척 아쉬운 생각이 들었다. 산골에서 무덤은 도시 근교의 공동묘지와는 달리 전혀 흉한 공간이 아니다. 옛부터 무덤은 나무꾼에게나 산길을 가는 사람들에게는 좋은 쉼터 역할을 했고, 마을 부근의 무덤은 아이들의 놀이터였고 답답한 마굿간을 벗어난 소들의 바람쐬는 장소이기도 했다.

어린 시절 우리 집의 소를 잃어버렸다 찾은 적이 있었다. 캄캄한 밤에 마을 사람들이 모여서 소를 찾아나섰다. 그때 어른들의 이야기가 소가 주인을 잃어버리면 반드시 묘지 옆에 누워 있다는 것이었다. 아니나다를까 그날 우리 소는 무덤 옆에서 찾았다. 집에서 기르는 짐승도 무덤에서 사람의 포근한 정서를 느끼고 있는 것이다.

　　　잔디, 잔디, 금잔디
　　　심심산천에 붙은 불은
　　　가신 님 무덤가에 금잔디...

김소월의 절창 '금잔디' 란 시에서 보듯이 무덤은 가신 님과 살아 있는 내가 정서적으로 공유하는 공간이기도 하다. 그리고 추석이나 한식, 또는 벌초할 때 자손들이 모여서 핏줄의 연대를 다지는 공간이기도 하다.

그런데 요사이 '새로운 장묘 문화 운동' 이니 뭐니 하면서 화장을 장려하고 있다. 그 운동의 바탕에는 무덤을 혐오스런 공간으로 인식하고 있다. 또한 그 혐오스런 무덤이 한 해에 여의도 넓이만큼 늘어난다는 것이며, 결국 온 나라가 무덤만 남게 될 것이라는 우려이다. 그러나 그것은 정말 뭘 모르는 소리다. 지금 이 땅에 살고 있는 사람보다 수백 배 많은 사람들이 이 땅에서 살다가 몇 평의 무덤을 남기고 갔지만 무덤들이 이 땅의 삶의 공간을 제약할 만큼의 넓이를 찾이하고 있지는 않다. 마치 숱한 생물들이 살다가 사라지고 다시 태어나고 하듯이 무덤 역시 세월이 지나면 오래된 것들은 자연으로 돌아간다. 그것이 자연의 이치가 아닌가. 문제는 무덤을 자연 그대로 쓰지 않고, 필요 이상으로 상석이다 비석이다를 쓰면서 장식하기 때문이다. 그냥 한두 평의 공간에 아담한 봉분으로 잔디를 입히면 족하지 않는가. 누구든 쉬어갈 수 있는 공간으로 말이다. 도시 근교에 공간이 문제가 된다면 죽은 사람의 고향을 찾아 고향 마을에 일정한 돈을 기부하고 묘를 쓰면 일석이조가 아닌가.

그리고 해마다 무덤 넓이보다 몇 배 더 늘어나는 골프장은 왜 문제가 되지 않는가. 골프장은 아무나 즐길 수 있는 공간이 아닌데 비해 무덤은 열려 있는 휴식의 공간이라는 걸 왜 인식을 못하는가.

경주를 가장 경주답게 하는 것은 신라 왕릉이다. 우리는 우리 장묘문화의 전통을 잘 살려 죽은 자와 공유하는 산 사람들의 휴식의 공간으로 활용한다면, 누구나 편히 쉴 수 있는 수많은 작은 공원들이 늘어나는 것이기에 일석이조의 효과가 있지 않을까.

굿은 살아 있다

　지난 월드컵 대회 때 세계가 놀란 것은 한국 축구가 4강에 올라
간 것이었지만, 기실 세계 사람들을 더욱 놀란 것은 수백만 명이
거리로 나와 응원하는 그 엄청난 민족적 에너지 였다. 도대체 무
엇이 우리로 하여금 유사이래 전대미문의 인파가 모여 한 목소리
로 대-한민국을 외치게 했던가. 3.1운동 때도, 일제에서 해방되었
을 때도 모든 국민이 하나가 되어 그토록 열광하지는 못했을 것이
다. '집단적 광기' 라 해도 좋을 그런 민족적 에너지에 대해 여러
전문가들의 다양한 분석들이 있었지만 다들 본질을 짚어내지는
못했다.

　우리 민족의 신명은 굿에 있다. 굿은 우리의 가장 오래 된 신앙
이요, 우리의 정신이요, 혼이다. 그러므로 굿은 곧 우리 민족의 정
체성을 말해준다. 굿을 한자로 번역하면 '祭' 와 '巫' 이며, 영어로
는 festival과 shamanism으로 번역할 수 있을 것이다. 다시 말하
면 축제와 신앙의 양면성이 있다. 옛날의 국가적, 사회적 축제는

제사와 놀이가 함께 있었다. 부여의 迎鼓祭는 '맞이굿'이었고, 고구려의 同盟祭는 '동맹굿', 그리고 삼한의 시월굿이 있었다. 그리고 거의 60년대 말까지 이어졌다가 오늘날엔 흔적만 남아 있는 각 마을 단위의 洞祭 또한 마을의 굿이었다.

샤머니즘은 신의 존재유무와 상관없이 무조건 믿는 신앙의 형태로, 우리나라, 일본, 만주, 몽골, 시베리아 동부 사람들의 전통 신앙이다. 샤머니즘의 특징은 물을 흡수하는 스펀지와 같아서 어떤 이질적 종교와도 충돌을 하지 않으며, 그렇다고 융합되지도 않는 '습합(習合)'적 상태를 유지한다. 그래서 외래 종교인 불교와도 지금껏 공존해오고(대부분 절에 샤머니즘인 칠성각이 있다) 있으며, 기독교와도 축복 개념에 보듯이 잘 공존하고 있는 것이다. 과거 불교와 기독교의 박해는 유교 때문이지 샤머니즘(巫覡信仰) 때문은 아니다. 무(巫)는 한자에서 보듯이 하늘과 자연과 사람의 공존을 믿는 세계관으로 오늘날 생태주의와 많이 닮았다.

마을굿은 온 동네 사람들이 일 년에 한두 번 모여서 제사를 올리고 한바탕 신명나게 놀이판을 펼쳤다. 그러노라면 그동안 서로 간의 해묵은 감정이나, 못마땅한 것들을 풀어버리고, 삶의 고달픔 또한 극복하는 힘을 얻었으며, 마을의 유대를 강화하는 역할을 했던 것이다.

그런 좋은 전통이 근대화 시대에 와서 미신으로, 버려야 할 구습으로 취급되면서 급격하게 살아져 버렸으니 안타까운 일이 아닐 수 없다. 오늘날 세계에 잘 사는 나라들을 보면 모두가 신명나게 참여해서 쌓였던 스트레스를 발산시키고, 삶의 생기를 재충전하는 축제들이 있다. 가까운 일본만 하더라도 거의 대부분 마을마다 그런 마을 축제가 고스란히 이어지고 있음에 우리의 부러움을 싸고 있는 것이다.

지난 6월 월드컵은 그동안 우리 사회에서 사라져 버렸던 굿이 되살아난 것이고, 그 굿이 우리 내면 속에 아직도 꿈틀대고 있음을 확인시켜 준 것이었다. 생각해 보라. 우리에게 해마다 지난 6월과 같은 신명나는 축제가 있다면 얼마나 살맛이 나겠는가. 범죄가 줄어들 것이고, 경제에도 큰 탄력을 받을 것이며, 무엇보다 사회적 갈등 해소에 큰 도움이 될 것이다.

굿의 문화를 되살리는 프로그램이 필요하다.

모두가 참여해서 신명나는 한판의 축제 마당을 펼치려면 지금과 같은 서양식 축제 문화로는 겉치레 행사 수준을 넘을 수 없다. 우리 민족의 태생과 함께 해온 굿은 아직도 우리 속에서 호흡하고 있는 것이다.

'발산 문화'가 없다

　팔레스타인 지방에 가면 갈릴리와 사해가 있다. 사방에서 물이 흘러 들어왔다가 요르단강으로 흘러 나가는 갈릴리 호수는 물도 맑고 어족도 풍부하다. 그러나 사해는 해면보다 낮아 물이 흘러 나갈 곳이 없다. 그래서 고기들이 살 수 없는 죽음의 호수가 된 것이다.

　무릇 세상의 이치는 들어오는 것이 있으면 나가는 것도 있어야 한다. 그것이 어긋나면 곧 병이 되는 것이다. 자연이든 개인이든 사회든 마찬가지다. 그런데 개인과 사회의 경우에는 그 문제의 심각성을 잘 알고 있고, 또한 그에 대한 다양한 처방도 있지만 사회에 대해선 문제의 심각성을 느끼고 있는 사람이 드물고 그렇다 할 처방도 없는 것 같다.

　우리 사회가 병들었다고 모두들 말은 하지만 그 병의 원인이 지극히 단순한 이치인 '발산 문화'가 발달되어 있지 않다는 데 인식을 하는 이가 없음이 안타깝다.

유사이래 가장 민주적이고 역동적인 새 정부가 들어섰건만 사사건건 뒤틀리고 물고 뜯어서 아름다운 발산은 커녕 도대체 방귀라도 한번 시원하게 뀌지 못하는 지경이 아닌가. 기업은 기업대로 노사가 엇박자로 비끄덕거리고, 학교는 학교대로 교사들이 완전히 두편으로 갈라져 그 치유가 불가능할 정도로 감정의 골이 깊어져 있는가 하면, 사회 전체를 보더라도 진보와 보수가 한번도 손을 잡는 모습을 볼 수 없다. 이 모두가 취하기만 하고 발산하는데 소홀히 한 발산 문화의 부재에 기인하는 것이라 할 수 있다.

기업에 있어서 생산이 중요한 만큼 분배의 즐거움을 누릴 수 있어야 하고, 정치 역시 많은 의견을 수렴한 만큼의 같이 누릴 수 있는 실현의 즐거움이 있어야 하고, 개인 역시도 땀 흘려 노력한 만큼의 누릴 수 있는 즐거움이 있어야 한다. 조그마한 호수가 꽁꽁 얼음이 얼어도 숨구멍이 있는 법인데 우리 사회는 도무지 그런 숨구멍이 없다.

해서 사람들은 주말이다 휴가철이다 산과 들을 찾아나서보지만 기껏 고스톱을 치거나 노래방에서 노래부르는 것으로 만족할 수밖에 없다. 우리의 사회적 에너지는 분출 직전의 용암처럼 속에서 꿈틀대고 있지만 마땅한 분출구를 찾지 못하고 있는 것이다. 그런 의미에서 우리는 작년 유월 단 한 번 그 아름다운 발산의 문화를 맛보았다. 거리마다 쏟아져 나온 붉은 물결, 남녀노소가 없이 마음껏 소리치고 손뼉치면서 즐거움을 공유했었다. 우리 스스로도 우리에게 진작에 그런 신명이 있었다는 것에 놀라워했을 것이다. 우리 조상들에게는 지신밟기, 달맞이 놀이, 줄당기기, 화전놀이, 각종 동제 등 구성원 전체가 참여하여 같이 즐거움을 나누는 발산의 문화가 발달해 있었다. 그러한 축제들이 절기마다 있어서 생활고에 시달리는 사람들은 거기서 위안과 힘을 얻을 수 있었으며, 개인적인 못마땅한 감정들도 풀어버리는 계기가 된 것이었다.

그러나 우리 사회에서 언제부턴가 그 중요한 분출구가 막혀 버린 것이다. 함께 발산하는 문화가 사라져 버린 곳에 불신과 원망과 개인과 집단의 이기만이 팽배해진 사회로 전락하고 만 것이다. 우리 사회의 병을 치유하는데 무엇보다 급한 것이 우리의 전통 축제를 복원하는 것이다. 요즈음 지방자치단체가 경쟁적으로 축제를 열고 있지만 모두가 국적 없는 겉치레 행사일 뿐이어서 신명이 있는 진정한 발산 문화가 아니어서 안타까울 뿐이다.

부산에 눈이 내리게 하자

　지난 겨울에도 부산에는 눈다운 눈이 오지 않았다. 아니 십 년을 넘게 부산을 살면서 아직 눈다운 눈이 내리는 것을 보지 못했다. 다른 지방에는 연일 눈 소식으로 떠들썩한데 부산만은 언제나 예외였다. 지난 겨울 나는 지리산과 수안보 그리고 안동 등 세 번 바깥 나들이를 갔다. 그런데 그때마다 눈이 왔었다. 안동에 다녀오는 길에는 눈이 그렇게 내리고 있었는데, 언양을 지나 부산이 가까워오자 거짓말처럼 날씨가 맑아 있었다. 물론 날씨가 추울 때는 서해에서 만들어진 눈구름이 산맥을 넘지 못하고, 기압골이 지날 때는 기온이 높아 비가 내리는 부산의 특수한 기후 탓이다. 하지만 단순히 그런 기후 탓으로 돌리기에는 한반도라는 좁은 땅덩어리에 부산만이 눈에서 제외되는 것이 억울하다는 생각도 든다.

　몇 해 전 겨울 중국의 수도인 베이징에 큰 눈이 내렸다. 베이징은 겨울철 가뭄으로 유명한 곳이어서 좀처럼 눈이 내리지 않는 곳이다. 그런데 그곳에 겨울철 가뭄 피해를 막기 위해 인공으로 눈을 내리게 했다는 것이었다. 뉴스는 중국 과학의 개가라고 자랑이 대단했다. 과학적으로 비나 눈을 인공으로 내리게 하는 것은 어려운 일이 아니다. 부산도 마음만 먹으면 베이징보다 훨씬 조건이 좋다.

눈을 내리게 하는 것은 겨울철 가뭄 피해를 방지하는 경제적 효과도 효과지만 정서적인 측면도 무시할 수가 없을 것이다. 눈이 오는 곳과 눈이 오지 않는 곳의 삶의 만족도나 정서의 차이는 엄청나게 크다. 너무 낭만적인 생각인지 몰라도 눈이 많이 오는 지방에 살다가 부산에 온 나로서 가장 큰 불만은 바로 겨울에 눈이 오지 않는다는 것이다.

어린시절 아침에 일어나면 맨 먼저 눈이 왔는가를 확인하는 것이었다. 그러다가 바깥에서 아버지가 눈치는 소리가 나면 세상에 그보다 더 즐거운 일이 없었다. 그러다가 그 눈이 하루 내내 내리는 폭설로 바뀌면 교통이 두절되도 아무도 짜증을 부리지 않는다. 그저 뒷뜰에 소복소복 쌓이는 눈을 보며 아름다운 꿈을 가질 수 있었다.

부산에 있는 모든 어린이들에게 그런 즐거움만 선사한다는 것도 매우 가치 있는 일이 아닐 수 없다. 아마 그날은 부모에게 짜증을 부리거나 말썽을 피우는 아이는 없을 것이다. 그것뿐인가. 어른들은 그로서도 흐뭇할 것이며, 사랑하는 연인들은 눈 때문에 더욱 깊은 사랑을 확인하게 될 것이고, 눈내리는 해운대, 태종대의 바닷가는 전국 최고의 명승지가 될 것이며, 부산은 그야말로 사시 사철 낭만이 넘치는 도시가 될 것이며 투박스런 부산말씨도 훨씬 부드러워질 것이다.

아니래도 문화 불모지니, 정서가 거칠다면서 문화도시 부산, 낭만의 도시 부산을 꾸미기 위해서 행정 당국이나 사회단체, 각종 예술 단체에서 여러 가지 노력을 많이 기울이고 있다. 그럼에도 부산은 여전히 삭막한 도시라는 것은 부인하기 어렵다. 게다가 미래의 부산은 관광산업을 발전시켜야 한다고 한다. 도시 스스로가 낭만적 분위기가 넘치지 않고는 결코 문화 도시나 관광 도시가 될 수 없는 것은 자명한 사실이 아닌가.

눈이 오는 부산과 지금의 부산은 시민의 마음에서부터 엄청난 차이가 있을 것이다. 좁은 한반도에서 유일하게 눈내리지 않는 부산에 눈을 내리게 하는 일은 베이징에 오는 눈보다 몇 갑절 큰 의미가 있지 않을까.

禁煙에 대하여

　인간은 감정의 동물이다. 하지만 감정은 매우 예민하고, 간사하기도 해서 마음먹은 대로 잘 되지 않는다. 때때로 감정에 따라 죽기도 하고 큰일을 그르치기도 한다. 그래서 아주 오랜 옛날부터 그 감정을 잘 다스리기 위하여 여러 가지 기호품을 만들어냈다. 그 가운데 대표적인 것이 술과 담배일 것이다.

　즐거운 일이 있을 때 그 좋은 감정을 향상시키는 데 술을 따를 것이 없다. 술이 없는 잔치를 생각할 수 있을까. 물론 술에 대한 부작용도 만만치 않다. 때로는 술 때문에 한 개인은 고사하고 한 나라까지 망치는 경우가 허다하다. 그렇다하더라도 일부 극단적인 사회를 제외하고는 술을 금하는 사회는 드물다. 엄청난 부작용에도 불구하고 술을 마시는 것은 인간의 본능적 욕구에 해당하기 때문이다. 아무리 좋은 약이라도 과하면 탈이 나는 법이고, 비록 독(毒)이라 할지라도 잘 쓰면 약이 되고 보면, 문제는 술 자체가 아닌 것이다.

담배의 경우도 마찬가지가 아닐까.

쓸쓸하거나, 외로울 때 한 개피의 담배는 다정한 친구 이상이다. 머리가 복잡하고, 고민스러울 때 한 모금의 담배는 여유를 갖게 해 준다. 현대인들의 병(病) 가운데 대부분은 스트레스가 원인이라고 한다. 담배가 없다면 사회는 지금보다 훨씬 신경질적이고 짜증스러울 것이다. 아니래도 현대 사회는 신경질적 요소가 곳곳에 도사리고 있다. 아마 술이나 담배와 상관없이 갈수록 짜증스럽고 신경질적으로 변해갈 것이다.

최근 금연의 바람이 거세게 일고 있다. 모든 공공기관의 건물에서는 담배를 피울 수 없으며, 병원이나 학교는 한 수 더 떠서 아예 흡연장소도 없이 담배를 피우지 못하도록 하고 있다. 그것은 담배를 피우는 의사나 교사더러 '죽어라' 는 말과 같다. 만약 애연가인 어떤 의사가 환자들의 치료가 몰려 있는데 담배를 피우기 위해서 멀리 병원 밖까지 나갔다와야 한다면 의사 본인은 물론이요, 환자들까지 상당한 불편함을 주게 된다. 교사 역시 마찬가지다. 쉬는 시간 마다 교문 밖으로 우르르 몰려나와 담배를 피우는 선생님들의 모습을 상상해 봤는가. 유사이래 도대체 어느 사회에서도 없었던 그런 참담한 일이 민주공화국 대한민국에서 일어나고 있는 것이다.

금연의 바람이 어제오늘의 일은 아니지만. 그것이 운동의 차원을 넘어 그 어떤 물리적 규제까지를 하는 것은 전체주의적 사고방식이며 사려가 깊지 못한 일이라 아니할 수 없다. 짐작컨데 담배를 피우지 않는 두 분의 대통령 아래서 생각이 좁은 일부 관료와 정치인들이 사회의 금연 바람을 자기 편한 대로 해석해서 그것을 법적 차원까지 결행한 것이라 여겨진다. 그렇다 해도 그것은 우리 사회 속에 내재된 편협성과 경박성의 극치가 아닐 수 없다.

'담배는 백해무익(百害無益)한 것이다' 며 담배의 해로운 점만 부각시킨다. 그 해로운 것을 인간들은 왜 만들어냈으며, 그토록 오랜 세월 많은 사람들이 애용했을까. 그렇게 따진다면 술은 담배보다 훨씬 해롭다. 정확한 통계는 없어도 아마 술로 인해 병들거나 사망에 이른 숫자는 담배와 비교가 되지 않을 것이다. 어디 술뿐이겠는가. 자동차로 인한 피해는 드러난 수치만으로도 우리나라의 경우 사망자만 하루 30명이 넘는다. 자동차 배기가스가 1초에 뿜어내는 오염은 담배 10,000 개피를 피우는 것과 같다고 한다.

군이 국민 건강을 위한다면 술이나 자동차를 먼저 규제해야 하지 않을까.

무조건 흡연을 옹호하는 것은 아니다. 명백한 해독이 있는 청소년이나 임산부 같은 경우는 삼가야 하고, 건강을 위해서 금연을 권장하는 것은 좋은 일이다. 다만 우리가 진정으로 경계해야 할 것은 자신이 담배를 피우지 않는다 해서 담배 피우는 것을 무조건 악으로 여기는 파시즘적 사고방식이다. 좋은 사회란 서로를 인정하고 이해하는 문화가 있어야 한다는 것이다.

세계 최장수 국가라는 일본의 기차는 반드시 흡연 칸이 있다는 사실은 시사하는 바가 크다. 흡연자를 공공건물에서 쫓아내고, 기차도 탈 수 없게 하는 사회가 어찌 함께 사는 좋은 사회일 수 있는가. 상상할 수도 없지만 술과 담배가 없는 사회란 너무 끔찍스럽다.

일층이 좋다

　창밖으로 보는 정원의 꽃나무에선 꽃망울을 터뜨리고 있다. 그 꽃을 보고 있노라니 복숭아꽃 살구꽃이라는 '고향의 봄' 노래도 생각나고 아울러 고향의 봄도 상큼한 흙냄새와 함께 다가왔다. 고층 아파트에선 느껴보지 못한 맛이었다. 일층으로 이사를 오기 전에는 그저 달력 상으로 계절을 알 뿐이었는데 이제는 제법 계절감이 살아나는 것 같았다.

　세상 물정 모르는 사람을 '철없는 사람'이라고 했던가. 우리는 언제부턴가 어른이나 아이 할 것 없이 그렇게 철모르고 지내왔다.

　아파트 분양을 받을 때 주위의 반대를 무릅쓰고 일층을 고집한 것이 참으로 잘했다는 생각이 든다. 처음엔 이른바 로얄층이나 전망 좋은 고층에 미련을 버리지 못한 아내도 살아보니 일층이 마음에 든다는 것이다. 정원의 꽃이나 나무를 본다는 것, 더구나 비오는 날 비에 촉촉히 젖는 정원의 초목은 참으로 근사했다. 어디 그것뿐이랴, 앞 마당에서 놀고 있는 아이들 모습을 보는 것도 즐거움이다.

일층에 살면서 달라진 것은 또 하나 있었다. 인사성이 별로 없는 내가 같은 라인의 사람을 만나면 내가 먼저 인사를 건넨다. 아마 일층이라는 곳이 다른 층에 비해 주인의식이 강한 탓인 것 같았다. 그래서 아파트의 정원도 내 것이라는 생각에 딸애와 나무도 심고 했다.

그런데 무엇보다 일층이 좋은 것은 정서적인 안정감과 편함에 있다. 땅에 붙어 있다는 것(그것은 하늘을 나는 새들도 둥지는 땅에 틀고 싶어하는 본능이다), 비가 오면 빗소리를 그대로 들을 수 있고 흙냄새가 어떻고, 기(氣)가 어떻고를 떠나서 사물을 정상적인 위치에서 바라 볼 수 있다는 것은 안정된 정서를 제공한다. 그에 비해 고층은 집에 와도 뭔가 붕떠 있다는 불안감이 있다.

그런데도 사람들은 고층을 선호한다. 우리에게는 작은 것에 대한 콤플렉스가 있어서 무조건 크고 높은 것이 좋다는 인식이 있다. 한때는 고층 아파트 건설이 발전의 상징이 되기도 했지만, 지금은 삶의 환경을 악화시키고 도시 미관을 해치는 주범으로 문제를 일으키기도 한다. 그래서 요즈음 자연 친화적인 아파트가 인기를 얻고 있다.

현대인들에게 있어서 만병의 근원은 스트레스이며, 청소년 문제의 바탕에는 정서 불안이 있다. 정서적 안정은 바로 삶의 근원적 조건이다. 그런데도 사람들은 그 중요성을 모르거나 간과해 버린다.

 자녀 교육에 있어서 부모들이 가장 신경써야 할 부분은 공부가 아니라 바로 정서이다. 옛날 부모들은 정서 교육에 신경을 쓰지 않아도 되었다. 주변의 환경이 모두 정서적이었다. 그런데 지금 우리의 환경은 우선 그 주된 공간인 집으로부터 시작해서 삭막하기가 그지 없다. 우리의 아이들은 어릴 때부터 자연의 흐름에 리듬을 타지 못한다. 비가 와도 바람이 불어도, 철이 바뀌어도 별로 느끼지 못하고 살아간다는 것은 곧 자연을 거스리며 산다는 것이 아닌가. 그래서 자연의 변화는 곧 몸의 이상을 불러 일으켜 감기를 비롯한 각종 병에 시달린다. 추우면 히터에 의지하고 더우면 에어컨에 의지한다. 그래서 자연은 인간과 함께 더불어 사는 고마운 존재가 아니라 물리치고 극복해야 할 존재가 되어 버린 것이다. 그런 상황에서 어떻게 풍부한 정서를 기대하며 바람직한 인간이기를 바라겠는가.

아리랑과 恨

　우리 민족은 韓민족이 아니라 恨민족이라 할 만큼 한(恨)이 많은 민족이다. 숱한 역경과 고난의 역사에서 체념적이고 한탄만 하는 나약한 민족이란 뜻이리라.

　우리는 恨이라고 하면 슬픔과 체념으로만 인식한다. 그러나 恨은 그렇게 단순하지가 않다. 도대체 인류 역사에서 우리 민족만이 시련을 많이 겪었고, 우리만 슬프게 산 것이 아닐진대 우리의 민요 가락이나 가사는 그렇듯 절절한 슬픔이 배여 있는 것일까.

　그것이 무엇일까. 곰곰이 따져보면 슬픔과 체념은 겉으로 드러난 정서일 뿐이다. 곧 가락은 슬픔을 자아내고 가사는 체념적 분위기를 만든다. 그러나 가사에서도 단순한 체념이라면 그렇듯 슬플 이유는 없다. 그 속에 똬리를 틀고 있는 것은 맞섬(저항)인 것이다. 부당한 삶에 대하여, 시대와 환경에 대한 맞섬인 것이다. 무릇 진정한 슬픔이란 주어진 여건에 순응하는 것이 아니라 맞서서 싸우며 극복하는 과정의 의지라고 할 수 있다. 그것이 우리네 恨

이 아닐까.

우리 민요 아리랑은 그 恨의 정서를 잘 드러내고 있다.

아리랑의 어원에 대하여 수많은 설(說)들이 있지만 '아리다'에서 온 말이다는 것이 가장 타당해 보인다. 곧 속앓이, 정신적 고통을 의미하는 '아리다'에서 음악성이 가미된 소리가 '아리랑'인 것이다. 그래서 아리 아리 아리랑이요, 쓰리(마음이 쓰리다) 쓰리 쓰리랑이다.

그런데 앞소리에 '아리랑 고개로 넘어간다'는 '가시는 님'에 대한 체념이 아니라 맞섬과 넘음(극복)의 의지이다. 다시 말하면 아리랑 고개를 넘어가는 것은 객체인 '님'이 아니라 노래를 부르는 주체인 '나'인 것이다. 그것은 뒷소리에서 더욱 뚜렷해진다. '나를 버리고 가시는 님은 십 리도 못 가서 발병난다'는 것은 '내 뜻을 거슬리고 가는 님은 온전치 못할 것이다'로 체념이 아니라 맞섬의 의미라고 할 수 있다. 고난과 역경에 대하여 내 마음은 쓰리고 아프지만 그 역경의 고개를 넘어가고자 하는 강한 의지의 표출인 것이다. 다만 가락이나 그 가락에 실려 있는 가사가 너무 부드러워 순응과 체념과 나약함으로 느껴질 뿐이다.

우리 민족은 북방 기마 민족으로 일찍이 따뜻한 기후와 아름다운 자연의 반도에 정착하면서 온유한 정서를 가지게 되었다. 그러한 정서의 표출은 북방의 거세고 호전적인 동류 족들보다 세련된 미의식이라고 할 수 있다.

이미 공맹 시절에 거의 완벽한 문화를 향유하고 있었던 중원의 그 우세한 문화에 절대적 영향을 받으면서도 동화되지 않았던 것은 바로 아리랑 고개를 끊임없이 넘어가는 그 恨의 기질 탓이 아니었을까.

그런 의미에서 아리랑 고개는 고난의 상징이요, 恨은 우리 민중의 정서이다. 설사 지배층이 외세에 쉽게 굴복을 한다할지라도 민중은 체념하지 않았다. 어떠한 시련이 와도 우리네 기후가 해마다 봄이 오듯이 恨은 끊임없이 아리랑 고개를 넘었기 때문이다.

이른 봄날 햇살이 푸지게 비출 때 봄바람은 보기와는 달리 무척 쌀쌀하다. 그것은 곧 우리네 恨과 같다. 부드러우면서 앙칼지고, 연약한 것 같으면서도 강한 봄바람은 어떠한 추위(시련)에도 마침내 아리랑 고개를 넘어가고야 만다. 아리랑이 비교적 늦은 시기에 발생했으나 우리 민족 전체의 노래가 된 것은 바로 그 한의 기질을 잘 품고 있었기 때문일 것이다.

2

오랑캐꽃

아낙도 우두머리도 돌볼 새 없이 갔단다
도래샘도 띳집도 버리고 강 건너로 쫓겨갔단다
고려 장군님 무지무지 쳐들어와
오랑캐는 가랑잎처럼 굴러갔단다
구름이 모여 골짝 골짝을 구름이 흘러
백 년이 몇 백년이 뒤를 이어 흘러갔나
너는 오랑캐의 피 한 방울 받지 않았건만
오랑캐꽃
너는 돌가마도 털메투리도 모르는 오랑캐꽃
두 팔로 햇빛을 막아 줄게
울어보렴 목놓아 울어나 보렴 오랑캐꽃

30년대 북방 정서를 대표했던 '이용악'의 詩이다.

2

재선충과 소나무

한반도 남부에 소나무 에이즈라는 재선충의 확산으로 소나무 숲이 고사위기에 처해 있다. 치사율 100%에 달하는 재선충(材線蟲)은 강력한 전염성으로 올해 부산에서만 6,000여 그루가 잘려 나간 상태이고 이대로 가면 50년 우리나라의 모든 소나무가 말라 죽을 것이라는 충격적인 보고가 발표됐다. 재선충의 크기는 0.6~1mm. 육안으로 식별하기조차 어려울 정도로 작지만 빠르게 증식해 소나무의 수분이동통로를 막아 소나무를 고사시킨다. 산림청에서는 헬기를 동원한 항공방제에 나섰지만 실효를 거두지 못한데다 다른 생명체까지 죽이고 있기 때문에 반대의 목소리 또한 커지고 있다. 지난 88년 부산에서 처음 발견된 재선충의 근원지는 미국으로 일본을 통해 대만, 중국 등으로 퍼져갔다.

일본에선 1905년 처음 피해가 발생했으나 그 원인은 67년이 지난 1972년에야 확인됐고, 동북지방의 소나무숲이 전멸됐고, 중국 또한 1982년 난징(南京)시에서 처음 발생해 불과 20년 사이에 중국 전역의 솔숲이 전멸되다시피 했다. 소나무재선충병은 천적이나 치료약이 없다. 방제방법은 조기예찰에 의한 확산방지가 최선책이다. 현재까지 훈증 소각 및 항공방제(매개충인 솔수염하늘소 방제)에 의한 확산 저지가 가장 효과적이다.

소나무는 애국가에 나올 만큼 우리 민족을 대표하는 나무이기도 하지만 소나무가 없는 동양화를 상상할 수 없듯이 동양의 정서, 동양의 문화를 상징하는 나무이다. 그 고고하고 청정한 소나무가 미국에서 흘러들어온 해충에 의해 전멸 위기에 처해 있다는 것이 비단 소나무뿐이 아니라 소나무로 상징되는 동양 문화의 위기를 보는 것 같아 안타깝기 그지없다.

그런데 일본에서 재선충 피해 원인을 60년이나 지난 뒤에 알았듯이, 미국 쪽에서 흘러들어온 해로운 문화들이 동양의 질좋은 문화를 고사 직전의 위기로 몰고 가고 있지만 아직 그 위기의 심각성을 깨닫지 못하고 있다.

근대 이래로 동양은 서양에 대해 심한 열등감을 가지며, 경쟁적으로 서양화하기 시작했다. 재선충의 피해에서 보듯이 그 앞장은 일본이 섰다. 그래선지 일본은 오늘날 누구보다도 먼저 정체성의 위기를 느끼고 있다. 그 정체성의 문제는 소나무 멸종과는 비교할 수도 없는 심각한 일이 아닐 수 없다.

돌이켜 보건대 서양의 문화는 침략과 파괴의 문화였다. 중세에는 찬란하던 잉카문명을 멸절시켰고, 북아메리카 들판에서 평화롭게 살던 수억의 들소 떼와 수천만의 아메리카 인디언들을 거의 멸종시켰으며, 근 현대에 이르러서는 아프리카의 노예 사냥, 아시아의 식민지 및 세계대전 등 그야말로 야만의 역사요, 문화라고 할 수 있다.

미국에서 건너온 문화 재선충에 의해 이미 고사되었거나 거의 빈사상태에 있는 우리의 문화 양태도 수없이 많다. 衣, 食, 住, 언어, 노래와 놀이, 습관들까지 죽어가고 있다. 특히 우리는 삶에서 가장 중요하다는 일과 놀이 가운데 놀이 문화를 완전히 잃어버렸다. 그래서 열심히 일해도 신명을 발산할 수가 없다. 회갑 잔치에까지 케이크에 촛불을 꽂아 놓고 '해피 버스데이 투유'를 부를 수밖에 없는 서글픈 자화상을 보고 있을 뿐이다.

과거 남 먼저 서양화되어 으시대던 일본은 재선충에서 보듯이 문화적 암에 남 먼저 걸려 이웃으로 전염시켰다는 점을 반성해야 할 것이며, 우리 또한 그들을 맹목적으로 따라갔음을 반성해야 할 시기가 온 것이다.

오랑캐꽃

  오랑캐꽃은 엉겅퀴의 별칭이다. 꽃의 잎사귀나 줄기가 억세기도 하거니와 만주족 변발과 모양이 흡사해서 그런 이름을 얻은 것 같다. 그러나 자줏빛 꽃은 우아한 아름다움을 지니고 있다. 어쩌면 우리 입장에서, 만주족에 대한 양면적 이미지를 가장 잘 드러내고 있는 꽃인지도 모른다. 북방 민족 특유의 강인함은 우리에겐 늘 두려움의 대상이었고, 그래서 오히려 야만시하여 경원했었다. 그러나 그들도 나름대로는 우수한 문화를 가지고 있었고, 또한 우리보다 더한 시련과 슬픔을 지닌 민족이었다.

  더구나 부여, 고구려, 발해 시절엔 같은 나라의 백성으로 우리와는 형제 민족인 점을 고려한다면 지난 시절 우리가 그토록 그들을 업신여긴 것은 어찌 보면 우리 스스로를 부정하는 자기 모순이라 할 수 있다.

  더더구나, 30년대는 똑같이 나라를 잃은 식민지 백성으로 동병상련(同病相憐)의 아픔을 가지고 있었으랴만 우리는 그들을 여전

히 멀리 하고 있었으니 안타까운 노릇이 아닐 수 없었다. 당시 만
주족은 우리보다 훨씬 큰 상실감에 젖어 있었다. 그들은 중원을
지배하다가 몰락한 데다가 중국인들의 보복 심리랄 수 있는 '배만
민족주의'가 극심하여 테러와 같은 탄압을 받는 이중고를 겪고 있
었다. 결국 그들은 그 격동기에 자신들의 나라를 회복하지 못하고
중국에 흡수되고 말았으니 우리로서는 '만주 보름, 일본 한 달'이
란 말처럼 보름만 같이 지내면 말이 통하는 우리와 가장 닮은 형
제 민족을 잃었다는 것이 참으로 안타깝고 슬픈 일이 아닐 수 없
다.

　우리의 피 속에는 만주 벌판을 주름잡던 고구려 무인들의 기마
민족의 기상과 흰 두루막에 갓을 쓴 묵향 냄새 짙은 조선의 선비
기질이 공존하고 있다. 조선 시대에 이르러서 중화사상에 깊이 경
도되면서 우리는 어쩌면 중국보다 더 만주를 경원했는지 모른다.
병자호란 직전 후금(청)은 조선과 형제적 선린 관계를 맺으려 실
로 눈물겨운 노력을 기울였지만 조선은 끝내 오랑캐 관을 바꾸지
않았다. 그 결과 우리 역사상 가장 치욕적인 굴복을 했고, 형제가
아닌 주종의 관계를 강요당하고 말았다. 그러나 그때도 주전파에
반대하는 주화파가 있었고, 대부분이 조선의 양반 후예임을 믿어
의심치 않는 지금에 우리들도 한 쪽으로는 고구려의 그 거칠고 진
취적인 기상을 동경하는 양면성이 있는 것이다.

사실 일제의 불순한 의도이긴 하지만 당시 만주족 재건 운동에
조선의 젊은이들이 너도나도 만주로 뛰어든 것은 알게 모르게 끌
리는 같은 핏줄과 역사가 있었기 때문이 아닐까. 그런데 우리는
마치 일본인이나 된 것처럼 그들 앞에 으시대고 업신여기는 풍조
가 있었다. 최근 일본의 한 정치인이 당시 창씨개명의 원인이 된
것은 만주에서 조선사람이 일본사람들과 구별되기를 싫어해서 창
씨개명을 요구해왔다는 것이라고 말했다. 물론 역사의 큰 줄기를
못보는 좁은 소견에 의한 망언에 지나지 않지만 당시의 정서는 어
느 정도 이해할 수는 있었다. 그것에 대한 반성을 주제로 한 것이
바로 이용악의 시(詩)이다. 어쩌면 일본마저도 그러한 핏줄의 정
서가 있었을지 모른다.

  우리는 이웃하는 만주나 일본이라는 형제 나라들과 별로 사이
가 좋지 않았다. 그것은 그들과 잘 지내려는 선린(善隣)의식 대신
에 '뙤놈'이니 '왜놈'이니 하는 오랑캐 의식 때문이다. 형제끼리
는 원래 싸우면서 정이 드는 것이고 보면, 나라가 이웃하다 보면
침략을 하기도 하고 당하기도 하는 것이 아닌가. 긴 역사를 보면
우리만 일방적으로 당한 것은 아니다. 중요한 것은 과거의 삶이
아니라 현재이며, 과거의 잘못을 되풀이하지 않는 것이 중요하다.
오랑캐꽃은 그것의 반성이다.

  역사 청산의 문제가 아직도 실마리를 풀지 못하고 있다. 긴 안

목의 역사의식으로, 보다 대국적 견지에서 우리와 가장 닮은 형제 민족이라는 선린의 정서를 가진다면 발전된 미래가 전개될 것이고, 역사 청산의 문제도 실마리가 풀릴 것이다. 최근 시대적 화두로 떠오르는 '동북아 시대'가 도래하려면 뙤놈과 왜놈이라는 오랑캐 관을 버리지 않고는 불가능할 것이다.

만리장성과 공한증

　2002한일 월드컵을 앞두고 북경에서 벌어진 축구 한중전에서 중국 관중이 우리 나라 응원단에게 난동을 부렸다는 소식이 일본 언론에서 크게 보도되었다. 정작 잠잠한 한국에 대해서 과연 한국이 주권국이냐고 비아냥거릴 정도였다. 물론 우리 측의 태도는 중국과의 외교 관계를 고려한 측면으로 이해할 수 있지만 대국인 중국으로서는 과민반응에 가까운 행동이었다. 그것 하나만 놓고 볼 때는 대국과 소국이 바뀐 느낌이다.

　하기사 중국 축구 사상 한번도 한국에 이겨 본 적이 없는지라 그 큰 나라가 작은 나라에 번번히 지는 것을 보면 자존심이 얼마나 상했겠는가. 더구나 한창 축구 열기가 일어나고 있는 시점에서 한국의 장벽에 가로막혀 번번히 세계 무대에 진출하지 못하는 입장에서 그들의 난동을 이해할 만도 했다.

　하지만 그것은 단순히 자존심이 구겨지는 정도가 아니라 아예 공포를 느끼고 있다는 사실이 우리로서는 의아해질 수밖에 없다.

이른바 공한증(恐韓症)이라는 말을 그들 스스로 만들어냈으니 어쩌겠는가. 그런데 그 공한증이라는 것이 비단 축구에서만 있는 것이 아니다. 중국의 역사에서 동북방 민족에 대한 공포증은 대단한 것이었다. 제 아무리 동이(東夷)족이라며 오랑캐로 낮춰 보지만 그들의 정신 속에 두려움은 부인할 수가 없는 사실이었다.

그것을 단적으로 보여 주는 것이 만리장성이다. 그들이 모든 국가적 힘을 기울여 만리장성을 쌓은 이유가 무엇이겠는가. 만리장성은 동북민족에 대한 그들의 두려움을 그대로 반증하고 있다. 아닌게 아니라 북경의 자금성은 만리장성의 축조에도 불구하고 무려 십수 차례나 정복당했다. 역대 중국의 나라들 가운데 국가적 통일을 이루면 꼭 동방 정벌에 나섰다. 그것은 대부분 실패로 끝났다. 수나라가 그랬고, 당나라가 그랬다. 그와 반대로 동방의 민족 또한 힘이 강성해지면 만리장성을 넘어 중원을 정복했다. 고구려가 그랬고, 고려와 조선도 그런 시도는 있었다. 몽고, 요, 그리고 만주족인 청과 현대 일본에 이르기까지 중원을 정복해 직접 다스리기도 했다.

공한증의 깊은 뿌리를 확인시켜 주는 것이 하나 더 있다. 중국 사람들이 가장 좋아하는 경극에는 70년대까지만 해도 고구려의 장수 연개소문이 중요 인물로 등장했다 한다. 경극에 등장하는 연개소문은 공포의 상징이다. 경극에서나마 연개소문을 물리침으로 그들은 위안을 삼고자 했다. 하지만 아쉬운 것은 연개소문이 악역으로 등장하는 것을 못마땅하게 여긴 북한 당국의 항의로 70년대 이후 경극에서는 연개소문이 사라졌다는 점이다. 아무튼 그것은 중국인들의 공한증이라는 것이 단순히 축구에서만 나타나는 현상이 아니라 매우 뿌리가 깊다는 사실을 보여 주는 것이라고 할 수 있을 것이다.

그런데 정작 중국에 대한 우리의 태도를 보면 실망스럽기 그지 없었다. 그것은 바로 사대사상이었다. 조선 시대에 있어서 중국은 숭배의 나라였다. 물론 그들의 우수한 문화를 경외하는 것은 좋지만 신앙과 같은 사대주의가 문제였다. 왜 우리는 우리 문제를 주체적으로 생각하지 못했을까. 문제는 그 사대주의가 조선 시대에만 국한된 것이 아니라 그 찌꺼기로 오늘날은 미국에 대한 사대주의 사상에 젖어 있고, 그것 때문에 우리 문제를 주체적으로 풀어 가고 있지 못한다는 점이다. 작은 나라라는 것은 결코 약점이 아니다.

만주여행에서

　만주에 갈 때마다 갖는 커다란 수수께끼가 있다. '만주에는 왜 만주족이 없는가'이다. 만주에 만주족만 없는 것이 아니라 아예 '만주'라는 이름조차도 없어져 버렸다. 중국에서는 만주를 '동북' 또는 '동북3성(요녕, 길림, 흑룡강)'이라 한다. 물론 심양 등지에 만주 고궁이 남아 있고, 만족 자치현이 몇 곳에 지정이 되어 있기는 하지만 그것은 그야말로 흔적에 불과한 것이다. 고구려의 첫 수도였던 '환인'은 만족 자치현이지만 만족 문화관 하나 없고, 오히려 나중에 건너간 소수 민족이랄 수 있는 조선족 문화관이나 조선족 학교가 있는 것을 보면 좀처럼 이해가 되지 않는 일이다.

　만주는 우리 역사의 출발이기도 하고 우리 역사의 터전이기도 했고, 우리와 경쟁 관계로 서로 침략을 하기도 했고, 때로는 형제 관계로, 때로는 오랑캐로 우리가 경원하기도 했고, 일본이나 우리가 이루지 못했던 중원을 지배하는 꿈도 이루었다. 이 지구상에서 우리와 가장 닮은 사람들이 사는 곳, 하나의 나라를 이루지 못하고 관념으로 남아 있을 뿐이다.

사실은 만주족이 없어진 것이 아니라 만주족이 한족화되었기 때문이다. 엄격히 구별하자면 만주에는 한족과 조선족, 만주족이 있고, 만주족 안에서도 거란족, 말갈족, 여진족 등이 있다. 그런데 문제는 어떻게 해서 만주족이 그렇듯 쉽게 한족화가 되어버렸는 가다. 원래 중국 문화의 특징이 모든 이민족의 문화를 끌어들여 용광로처럼 녹여버리는 힘이 있다지만 중원을 지배했던 만청 정부가 망한 뒤에도 한족들의 배만민족주의에 대한 만주족 재건 운동이 있었고, 비록 일제의 괴뢰 정권이나마 1945년까지 만주국이 건재하고 있었던 것을 생각하면 불과 60여 년의 세월도 흐르지 않아 그렇듯 거대한 족속이 사라져 버렸다는 것은 좀처럼 납득이 가지 않는 일이다.

만주의 수도라고 할 수 있는 심양(沈陽)의 그전 이름은 봉천(奉天)이었다. 봉천의 뜻은 '태양을 떠받들다' 이고, 심양의 뜻은 '태양이 지다' 이다. 그런 의미에서 '심양' 이란 이름은 참으로 아이러니하다. 물론 그 이름 속에 한족들이 갖는 만주족에 대한 뿌리깊은 두려움과 배척의 의도가 깔려 있음을 알 수 있다. 그래서 그들은 만주라는 이름까지도 없애 버리고, 3성으로 나누어 '동북' 이라 한다. 중국은 만주뿐만 아니라 만주보다도 더 이질적인 티벳이나 위구르도 하나의 중국이라는 용광로에 녹이려고 하고 있는 것이다. 그것을 대개는 '통일'이라는 이름으로 미화한다.

그렇고 보니 우리 민족도 단일민족이라지만 사실 고구려, 신라, 백제, 가야족으로 나눌 수도 있으며, 우리는 같은 민족일 수도, 여러 개의 민족일 수도 있다. 우리는 이러한 사실을 망각한 채 단일한 가치관에 세뇌되어왔고, 그렇기 때문에 나라의 최고의 가치가 통일일지 모른다. 통일이라는 가치관은 보다 우세하다고 생각하는 쪽에서 약한 쪽을 효과적으로 흡수하려는 논리이다. 일제 강점기 때 내선일체는 일본 쪽에서 강조한 것이고, 신라의 반도 남쪽 통일 때도 백제 사람들은 통일을 싫어했을 것이다. 결국 그 단일민족 사상은 신라에 의해 고려와 조선으로 이어졌으니 어찌 보면 가야니, 백제니, 고구려니 하는 족속들이 한족화된 만주족처럼 강제로 신라화되었다고 볼 수 있다.

우리는 서로 다름을 인정하는 문화가 없다. 반드시 같아야 한다는 통일의 강박 관념으로 삼국시대 이후부터 지금의 남북분단까지 얼마나 많은 피를 흘렸던가를 생각해봐야 하지 않을까. 마찬가지로 지금의 호남과 영남의 갈등 역시 서로 같아야 한다는 그 강박관념이 갖는 폐단이 아닐까.

호태왕비문 앞에서

인천에서 단동까지 17시간, 단동에서 환인까지 한 나절, 다시 환인에서 집안까지 한 나절이나 걸려 도착한 머나먼 고구려 여정(旅程)이었다. 나는 왜 이 머나먼 고구려를 찾아왔는가.

대학시절 고구려에 대한 자료를 찾아 외국 잡지를 뒤적이다가 '고대 중국의 벽화'로 소개된 고구려의 벽화를 보고는 큰 충격을 받은 바 있었다. 그때까지 고구려는 의심의 여지가 없는 자랑스런 우리의 역사였다. 하지만 우리가 자랑스러워하기엔 그 자료가 너무 없었다. 사실 분단된 반도 남쪽에 사는 우리에게 고구려는 전설처럼 추상적일 수밖에 없었다. 상대적으로 풍부한 기록과 가까이 유물이 남아 있는 신라와 비교하면 그야말로 딴 나라 역사일 수밖에 없었다. 그럼에도 감히 그 자랑스런 왕국의 역사를 당연히 우리 것인 양 여기고 있었던 것이 얼마나 우물 안의 개구리와 같았는가를 새삼 일깨워 주었다.

그도그럴것이 도대체 고구려가 우리의 역사라는 근거는 무엇인

가. 그것은 마지막 수도가 평양이었던 것이 거의 유일해 보인다. 그러나 고구려 이후로 고구려가 차지했던 만주 땅에는 수많은 민족들이 이합집산하면서 나라가 일어났다가 사라졌다. 결국 현대로 이행과정에서 중국의 중원까지 지배한 청나라의 본거지였으니 세계의 시각은 고구려를 중국의 변방 역사로 보는 것이 당연한 일일지 모른다. 그렇다해도 우리의 입장에선 그런 시각을 받아들일 수 없다.

고구려 땅 대부분이 중국(만주)땅이었다 해도 한 나라의 수도가 갖는 의미는 그 땅의 면적보다도 훨씬 크다는 것은 두말할 필요가 없다. 이유야 어쨌든 한반도를 중심으로 삼국이 정립됐고, 정립이라는 의미는 어느 한 나라를 따로 떼어내어 생각할 수 없으며, 고구려가 패망한 뒤에 만주땅에서 우리의 무대를 잃어버렸다고 하지만 그것은 식민사관과 신라중심의 사관에 의한 그릇된 역사관에서 비롯된 것이며, 발해와 그 뒤 역사는 여전히 남북국 시대로 반도 남쪽과 만주 일부를 따로 분리해서 생각할 수 없는 것이다. 만주와 중국의 관계와 만주와 반도와의 관계를 생각해보면 명백해진다. 만주는 한반도의 나라들과 싸운 것이 아니라 중원(중국)의 나라들과 싸웠다.

우리 민족은 어차피 북쪽으로부터 흘러왔다. 지금의 우리 나라라는 것도 만주와 반도의 제 부족들이 이합집산을 이루면서 세워

진 나라이고, 그 나라 역시 세계 어느 나라에 뒤지지 않는 우수한 문화와 국력을 가지고 있는 한 고구려는 우리의 역사임이 명약관화하다.

그런데 우리가 그렇게 주장하기에 앞서 자책감과 부끄러움을 금할 수 없다. 그것은 우리의 그릇된 역사관의 상징이 바로 호태왕(광개토대왕)비이기 때문이다. 우리 역사상 가장 강대한 국가를 형성했던 호태왕과 그 업적을 기린 비가 지난 천수백 년 동안 내버려져 있었다는 사실, 그것을 그곳 주민이 약초를 캐다가 우연히 발견했고, 발견 뒤에도 그 중요성이 일본쪽에서 부각되었으며 (일본이 한때 비문을 일본으로 옮겨가려 하다가 중국쪽 반대로 무산됐다), 우리는 뒤늦게 비문조작 시비를 거는 정도였으니 이 어찌 부끄러운 일이 아니겠는가.

한반도와 만주의 한가운데 우뚝 서서 그 위엄을 뽐내고 있는 대왕의 비문 앞에서 초라한, 분단이 되어 더욱 초라한 후손의 모습이 그저 안타까울 따름이다.

발해행 기찻간에서

두만강 하류에 있는 국경 도시 투먼(도문)에서 무딴쨩(목단강) 가는 철길 옆으로는 유독 비술나무가 많이 보였다. 해방 전에는 서울서 표를 끊으면 원산, 청진으로 해서 목단강까지 가는 기차가 있었다. 그런데 나는 수 만리나 돌아서 그 기차를 탄 것이다. 그 기찻길은 옛날 발해의 중심 통로였다. 그래선지 곳곳에 발해의 유적이 많았고, 심지어는 기차역 이름이 발해 시대 그대로인 것도 있었다.

도문을 벗어나자 비교적 넓은 평지들이 이어졌다. 창밖으로 보이는 강은 자연 상태 그대로였다. 물이 돌아 흐르는 곳에 꼭 미루나무 두어 그루 서 있었고, 냇가 풀밭엔 소들이 한가하게 풀들을 뜯고 있었다. 몽고의 파루처럼 원추형으로 만든 집들이 많이 보여 물어보니 곡식 저장 창고라 했다.

한 무리의 만족 아주머니 아저씨 무리들이 왁자지껄 요란했다. 그런데 춤을 추며 노는 것이 뭔가 낯익은 모습이었다. 조선족 같왔다. 아니나다를까 도라지타령이 들려왔다. 그들은 계를 해서 연길에 갔다오는 길이라 했다.

듬성듬성한 자리에서 나는 한 노인 앞으로 가 앉았다. 조선족일 것 같아서 인사를 하니 역시 예상이 빗나가지 않았다. 성씨가 백이라는 노인은 미국에서 온 한 목사의 설교를 들으러 2박 3일 일정으로 연길에 다녀오는 길이었다. 행색이 너무 초라해 마치 50년대 우리네 시골 교회의 집사를 만나는 기분이었다. 다만 담배를 피우는 것이 다를 뿐이었다.

어디까지 가시느냐고 물었다. 노인은 동경성까지 간다고 했다.

"어떻게 발해의 이름이 아직도 남아 있지요?"

"지가 살고 있는 마을 이름이 발해요. 동경성에서 칠 리 정도 떨어져 있는데 한 100여 가구 되지요."

정말 뜻밖이었다. 노인은 동경성에서 내려 버스 시간이 맞지 않으면 걸어서 간다고 했다.

"그러면 동경성에는 인척이 없습니까?"

"딸도 있고, 조카들도 있고... 딸은 중국 교회를 이끌고 있습죠."

노인은 내가 기독교인이라는 말에 교회에 대한 말을 많이 했다. 성경책 구하기 힘들고, 읽기도 힘들다고 했다.

"그럼 교회는 동경성까지 와서 다닙니까?"

"아니요. 몇 해 전에 한국의 도움으로 교회가 생겼지요. 교인수가 한 삼십여 명 되지요. 공산당원들도 당원을 포기하고 교인이 됩니다. 중(僧)도 있지요."

노인은 불교 신자라는 말이 생각이 나지 않는 듯 중이라고 했다. 예배는 우리처럼 일요일이 아니라 화, 목, 토 낮에만 있다고 했다. 조선사람은 중국사람보다 경제적으로 어렵다. 개방 전에는 살포대기 길에 떨어져 있어도 몇 날 며칠 그대로 있었는데 지금은 남의 집에 있는 물건도 훔치는 세상이 됐다며 현실을 개탄했다.

"유동성 때문에 그렇지요. 조선사람은 3년 제자리에 못 눌러 있습니다. 내 땅이라는 의식이 없어서 그래요. 언젠가는 고국으로 돌아간다는 생각 때문입니다. 조선사람들이 중국에 양식구하러 간다면 허용합니다. 요즈음에 젊은 아가씨들이 한족에게 팔려오는 것을 보면 가슴이 아프지요. 젊을 때는 조선에 한 일 년 일하러 간 적까지 있습니다. 우리 동네에도 여러 명이 같이 갔지요. 조선 글을 배우면 출세에 지장이 있고, 한족학교에 가면 민족의 문제가 있고..."

노인의 이야기가 계속되는 중에 놀고 있던 무리 쪽에서 결국 '싫다싫어'라는 주현미 노래가 나왔다. 어째 한국의 오물이 여기까지 왔을까.

올 농사는 대풍이다. 조선전쟁 때 한 마을에 몇 십 명씩 지원했다. 많이 죽었다. 간도에는 전쟁 경험이 많다. 2, 30년 전만 해도 짐승이 많았다. 곰과 범을 더러 봤다. 가만히 있으면 그냥 지나갔다. 곰은 조금씩 긁다가 간다. 지금은 많이 줄었다. 러시아 국경 지대는 아직도 더러 있다.

백 노인은 그곳 생활에 궁금해 하는 나에게 뭔가를 알려 주려고 대단히 노력하는 모습이 역력했다. 하나하나 생각이 떠오를 때마다 아, 아 하며 중요한 것을 빠뜨릴 뻔했다는 식으로 소리를 냈다. 헌 군용 점퍼, 때묻은 와이셔츠, 그런데 노송령이란 고개를 지날 무렵 그는 그 고개에 얽힌 이야기를 하나 더 들려 주었다.

조선족 부부가 해방의 소식을 듣고 아이를 업고 조선으로 가다가 노송령을 넘었다. 벌써 여러 날을 굶었다. 고개를 넘다가 밤을 맞이하게 되었고 마침 보이는 불빛의 집을 찾았다. 그 집은 비적의 집이었다. 비적은 여자에게 마음이 있었으므로 옥수수 죽으로 대접을 하고 하루를 묵게 했다. 그리고 여자를 건드렸다. 그런데 남자는 알고도 항의하지 못했다. 안전을 위해 할 수 없었다. 다음 날 길을 떠나자니 여자는 가지 않겠다고 했다. 비적이 그것을 보고 총을 드리밀며 가려면 혼자 가라고 했다. 남자는 하는 수 없이 아이를 업고 혼자 떠났다. 그런데 여자는 비적에게 남자의 허리춤에 돈이 있다는 사실을 알려 줬다. 비적이 따라와 돈을 다 빼앗아 버렸다. 남자는 처와 돈을 잃고 가다가 마침 일본군 패잔병을 만났다. 너무 억울하여 패잔병들에게 그 이야기를 했다. 사연을 들은 일본군 패잔병도 분노했다. 일본군 패잔병들은 비적의 집으로 와서 마침 비적을 기다리고 있던 여자를 집으로 가두고는 둘러싸 불을 질러 버렸다.

노송령을 넘었다

다음은 흑룡강성 첫 역인 두고재다. 멀리 냇가 둑길로 달구지가 한가롭다. 달구지에 젊은 부부가 타고 있고 냇가의 아낙들이 허연 다리를 내놓고 빨래를 하고 있다.

백 노인은 발해의 수도인 동경성에서 내렸다. 노인의 이야기도 끝났다. 그의 눈에는 고국에 대한 향수가 짙게 배여 있다. 그는 다시 내 창가로 와서 손을 흔들고 갔다. 역사 앞에 커다란 비술나무 그늘이 좋았다. 그러나 발해의 흔적은 볼 수 없었다.

노인이 떠난 자리에 역무원 아가씨가 앉았다. 나는 콜라를 권했다. 한사코 사양했다. 중국 사람들은 자존심이 매우 강하다.

"무딴장 따오러, 선머 시지에.."

내가 그렇게 물으니까 역무원 아가씨는

"량 띠엔 판"

손가락 두 개를 가지런히 펴 보였다. 목단강까지 두 시간 반이라는 말은 분명 알아 들을 수 있었다.

이미자와 일본

어지간히 나이를 먹은 한국사람 치고 이미자 노래를 싫어하는 사람은 그리 많지 않을 것이다. 특히 그의 흐느끼는 듯한 떨림 소리는 한국인의 한(恨)의 정서를 잘 드러내고 있다. 그것은 경상도, 강원도, 함경도 지방의 전통 가락인 메나리 가락과 많이 닮아 있다. 시(詩)에 김소월이 있다면 노래에는 이미자가 있다 할 만큼 가히 국민 가수라 할 만하다.

하지만 나는 대학시절 이미자 노래를 참 싫어했다. 이미자 노래뿐 아니라 트로트 풍의 노래는 모두 싫어했다. 싫어한 정도가 아니고 거의 경멸하면서 팝송과 클래식에 빠졌다. 그 때 아버지가 돌아가셨다. 아버지는 동네 풍물의 상쇠였고, 민요도 참 잘 불렀다. 나는 아버지에 대한 그리움으로 우리 민요를 자주 들었고, 민요를 좋아하게 되었다. 민요를 좋아하면서 자연스럽게 트로트와 가까워졌다. 물론 옛날 가요 속에 강한 향수가 내재되어 있는 것이 사실이지만 단순히 그러한 향수 때문에 그렇듯 경멸하던 가요를 좋아하게 되지는 않았을 것이다.

그러니까 대학시절 내가 그토록 트로트를 싫어했던 것은 일종의 정서의 왜곡현상이라고 할 수 있다. 굳이 트로트를 우리의 한의 정서에 결부시키지 않더라도 팝송을 좋아하면서 트로트를 배척한다는 것은 그 정서가 정상이라고 할 수는 없을 것이다.

우리의 정서 왜곡은 서양적인 것은 선진적이고 좋은 것이며, 우리 것은 낡고 고리따분한 것이어서 타파해야 한다는 자기 부정의 사회적 병리 현상이라 할 수 있다.

그 정서 왜곡 가운데 하나가 트로트에 대한 왜색 시비인 것이다. 트로트의 원조가 일본이냐, 한국이냐의 논의는 접어두더라도 왜 미국풍은 배척을 않고 일본풍은 배척을 해야하는가. 오히려 문화의 일반적 현상은 가까운 것의 교류와 동화현상이 자연스러운 것이 아닌가.

물론 일본과의 불미스런 과거사가 요인일 것이다. 그러나 그런 과거사를 따지면 주변의 나라끼리 그 정도의 과거사는 일반적이다. 그리고 일본과 우리는 유사한 점이 너무 많다. 우리의 문화 속에 일본적인 것이 많이 스며 있는 만큼, 일본의 문화 속에 한국적인 것이 많이 스며 있는 것이다. 일본적인 것을 전적으로 거부하는 것은 어쩌면 우리 것을 거부하는 것인지도 모른다. 그런데 왜 우리는 일본을 배척하는가. 아니 배척해야 한다고 생각하는가. 거기에 정서적 왜곡 현상이 있다.

그래서 나는 학창시절 일본적인 것이라면 무조건 싫었다. 이른 바 식민지 발음이라 해서 나이 많은 선생님들의 영어 발음을 경멸했던 것처럼 일본적인 것은 모두가 싫었다. 일본은 야만적이고, 이기적이고, 간사하고, 바짝 마르고, 키가 작고, 경제적 동물이며, 서양화되어 건전한 양식도 없고 기회만 있으면 남의 나라를 침략 약탈하려는 과거 왜구의 후손... 등등으로 여겨왔다.

그런데 막상 일본에 가보니 내가 생각하던 일본과 너무 달랐다. 우리와 모든 조건이 비슷하지만 우리보다는 대부분이 질적으로 나아 보였다. 다시 말하면 도덕적으로나 정서적으로 우리보다 훨씬 안정되어 보였다. 그런데 우리는 그들의 장점을 인정하지 않는다.

200년 전 정약용은 수신사들의 보고를 통해 일본의 학문은 과거제도가 없었어도 우리보다 학문이 발달했다고 하면서 우리의 각성을 촉구했다. 그때 정약용의 말을 귀담아 들었다면 우리 근현대사가 그렇듯 어려움을 겪지 않았을 것이다. 우리는 왜놈이니, 되놈이니 하면서 전통적으로 만주와 일본을 배척했다. 중국의 장점은 받아들이면서 그들을 배척한 것은 이해하기 어렵다. 임진, 병자 양란이나 일제의 식민지배도 그릇된 오랑캐 의식 때문이었다. 그러한 의식은 비단 다른 민족에만 국한되는 것이 아니라 경상도 사람이 까닭없이 전라도 사람들을 업신여기는 것도 같은 맥락이다. 우리는 지금 그러한 정서의 왜곡뿐 아니라 가치관마저도 심하게 뒤틀려 있다.

일본 여행에서

　지난 2월 말 일본의 큐슈 일대를 다녀왔다. 5년 전에 다녀오고 두 번째 여행이었다. 지난 번에도 그랬지만 이번에도 느낀 점은 우리와 너무 가깝고(배편으로 부산에서 후꾸오까까지 3시간) 너무 비슷하다는 것이다. 사람들의 생김새도 비슷하고, 말씨도 비슷하고, 산천의 모습도 너무 비슷하여 우리나라의 잘 가꾸어진 어느 곳 같은 느낌이 들 정도였다. 게다가 그동안 가장 큰 거리감을 들게했던 엄청난 물가 차이도 상당히 비슷해져 있었다. 지난 5년 동안 일본의 물가는 변동이 없거나 오히려 내렸고, 우리는 계속 올랐다. 대중음식값은 우리보다 조금 비싼 정도였고, 책값은 오히려 우리보다 싼 것 같았다(우리나라의 잡지가 10,000원 이상인데 비해 일본의 대표적인 잡지인 문예춘추는 우리 돈 7,000원 정도였다).

　그런데 일본과 우리가 비슷하게 느껴지면 그럴수록 이상한 의문점이 내 머리를 맴돌았다. 어떻게 지척에 이렇듯 닮은 사회가 있었는데 그렇듯 무시 또는 외면하고 살았을까. 오히려 태평양 건너 저 멀리 있는 미국이 우리의 이웃이었다. 아무리 미국이 우리의 우방이다하나 거리상으로 이웃이 될 수가 없고, 거꾸로 말하면 우리에게는 여태 진정한 이웃이 없다는 말과 같다. (하기사 요즈음 들어 미국의 작태를 보면 그들이 정말 우리의 우방인가, 아니면 또다른 식민지의 상전국인지 의문이 들게 한다.)

물론 우리와 일본이 소원해진 것은 지난 식민지배 때문이다. 하지만 이웃이란 무엇인가. 가까이 살다보면 좋은 일 나쁜 일을 겪게 마련이고, 국가 간에는 힘이 있는 쪽이 지배 통합하는 것이 다반사가 아닌가. 그렇기 때문에 역사에서 무수한 국가들이 일어났다가 사라지기도 했다. 해서 이제는 그런 냉정한 현실을 인정해야 할 필요가 있지 않을까. 이웃과 담을 쌓고 지내는 기간이 그만하면 됐을 성싶다. 과거도 중요하지만 현실과 미래는 더 중요하지 않겠는가. 더구나 지금의 일본이 그때의 파시즘이 판을 치던 군국주의자들의 세상이 아닌 그냥 우리와 비슷한 사고를 하고 비슷한 상식을 가진 보통의 사람들이 살아가는 곳이다.

그런데 사실 우리는 그 동안 일본을 경원시하며 다른 한 쪽으로는 열심히 그들을 따라가려고 노력했다. 어떻게 보면 일본은 선진 문화와 경제 발전에 좋은 모델이었다. 과거 일본이 우리에게 그랬던 것처럼 우리는 열심히 일본의 뒤를 따라갔다. 일본이 오늘날 경제부국과 선진문화를 이룩한 것도, 우리가 오늘날 비교적 짧은 기간에 어느덧 선진국 대열에 들어 선 것도 가까운 이웃에 서로가 있었기 때문이 아닌가. 한일간은 비록 좋지 않은 과거가 있었지만 그것은 긴 역사에서 볼 때 좋은 관계의 기간에 비해 매우 짧다고 할 수 있다. 굳이 그렇게 따진다면 일본은 우리 문화의 한 가지라고 할 수 있다. 최근 일본 천황이 직접 언급했듯이 그들의 황실이 백제에 뿌리를 두고 있고, 야마토 문화는 나주 지방의 사람들이 건너가 이룩한 것이고, 그들이 세계적으로 자랑하는 도자기 문화 역시 뿌리는 임란 때 잡혀간 우리의 도공들이 아닌가.

최근 일본의 아사히 신문의 여론조사에서 이번 월드컵으로 기대되는 효과 1위가 한일간의 선린우호였다는 것은 우리에게 시사하는 바가 크다 하지 않을 수 없다. 이제 우리는 보다 대국적인 자세로 이웃에 가슴을 열어야 할 것이다. 그런데 일본에 대해 인정하지 않을 수 없는 엄청난 차이 하나가 있었다. 그것은 바로 안정된(아름답고, 부러운) 정서였다.

일본에서 내가 느낀 것은 마치 고향에 온 것 같은 안정감이었다. 물론 안정감이란 것은 대부분 담장이 없는 집 앞뒤로 텃밭에 가꾸어진 채소나 꽃들과 우리처럼 가는 곳마다 파헤치고 짓고 하는 분주함이 없어서였다. 하지만 안정감이란 비단 그런 것 때문만은 아니었다.

벳부역에서였다.

'벳부우 -, 벳부우 - ' 하는 역의 안내방송은 마치 노래를 부르는 것 같았다. 아무런 감정없이 내뱉는 우리네 안내 방송만 들었던 내게는 일종의 충격이었다. 그것은 여유로운 정서 속에서만 가능한 발상이었다. 여유는 탄력과 새로운 창조를 가져다 준다. 옛날에는 자그마한 시골 현청사 건물 하나 짓는데도 현판 글씨를 당대 명필에게 부탁한다든지 나름대로 지방의 특색을 살리려 했다. 하지만 지금의 우리 건물들은 전국 어디에도 똑같은 네모번뜩한 콘크리트뿐이다. 아무런 개성과 멋이 없다.

한 평의 꽃밭도 가꿀 수 없는 우리는 어디를 가는지 무엇 때문에 살아가는지도 모르게 뛰어간다. 모두가 바쁘다. 왜 바쁜지도 모른 채 바쁘다. 마치 박남수 시인이 노래한 새가 날아가는 의미도 모른 채 날아가듯이. 우리는 그렇게 맹목적으로 뛰어간다. 그러는 사이에 우리는 우리의 멋을 죄다 잃어버렸다. 도대체 우리에게 우리적(한국적)이란 것이 없다.

그런 의미에서 일본은 우리를 비춰 볼 수 있는 좋은 거울이 아닐 수 없다. 이제는 우리 스스로가 선입견을 버리고 대등하면서도 열린 자세를 가져야 할 필요가 있는 것이다.

대마도(對馬島)에서

　부산 국제여객터미널에서 출발한 배가 채 한 시간도 지나지 않
아 상대마도 히타카츠(比田勝)항에 도착했다. 바다가 너무 잔잔
하여 마치 호수를 건너는 것 같아 그냥 이웃 섬에 마실나온 느낌
이었다. 하기사 70년대 저 유명한 수영 선수 조오련이 헤엄쳐 건
너기도 했고, 맑은 날 부산의 어지간한 산에서도 보이는 곳이니
잠깐 조는 사이에 도착할 만도 하지 않는가. 그리 복잡지 않는 출
입국 절차도 그렇고, 사람들의 모습이나 산천의 모습이나 말씨만
아니라면 국내여행과 별 차이가 없었다. 오히려 말이 다르다는 것
이 뜻밖으로 느껴질 지경이었다. 그렇다해도 부산 앞바다에 이렇
듯 큰 섬이 있다는 것이 도저히 믿어지지가 않았다.

　정말 이상한 것은 부산 앞바다에 큰 섬이 있다는 사실이 아니라
그런 사실을 망각한 듯 지내온 우리의 태도였다. 과거 역사에서
특히 조선시대의 대마도는 애써 무시해 버리고 싶은 섬이었다. 제
주도와 거제도 중간 쯤 되는 크기의 대마도는 대부분이 척박한 산

으로 되어 있어 늘 물자부족에 시달려야 했다. 그러니 죽자사자 뭍(육지)에 매달릴 수밖에 없었고, 흉년이 들면 어느 순간 왜구로 변해 우리의 해변을 노략질하며 괴롭혔다. 그 피해의 절정이 려말선초였고, 보다못한 조선 조정에서는 세종 원년에 대마도를 정벌했으나, 섬을 우리의 영토로 다스리려 하지는 않았다. 그리고 임진왜란 때는 일본의 앞잡이 노릇을 했고, 그 뒤 양국 사이 냉전기에는 국서까지 위조하면서 양국의 우호증진을 위해 실로 눈물겨운 노력(물론 자기네들이 살기 위한 방편이었지만)을 했다. 그 결과 대규모의 조선통신사가 십수 차례나 방문하는 등 근대에 이르기까지 200여 년 동안 양국 간의 평화는 물론 진정한 선린우호의 관계를 유지하게 되었다.

이웃이라는 것은 좋은 일과 나쁜 일이 있기 마련이다. 좋은 이웃이 되려면 가급적 나쁜 것은 잊어버리고 좋은 것을 기억해야 한다. 왜구의 대마도와 통신사의 대마도, 일본 앞잡이와 조선 앞잡이였던 대마도를 우리가 굳이 나쁜 역사에만 얽매여 경원한다는 것은 좋은 이웃을 팽개쳐 버리는 못난이 짓이다.

아무튼 대마도를 방문한 한국사람이면 대개 다음과 같은 결론에 도달한다.

'아깝다, 뭐 했노, 다행이다'

섬이 생각보다 크고 너무 아름다워서 아깝다는 것이고, 그런 섬을 왜 우리 영토로 귀속시키지 못했는가에 대한 자책과 자연이 천연 그대로 너무 잘 보존되어 있어 위안을 받는다는 것이다. 정말 대마도는 오염되지 않는 자연의 섬이요, 그리고 무엇보다 너무 조용해서 좋다. 내가 2년만에 다시 찾은 것은 그 조용함 때문이었다. 생각해보라. 우리나라 어느 명승지에 가도 꼬리를 무는 차들과 북적대는 사람들, 혼란스런 유흥업소들의 난립 등으로 조용하게 사색을 하며 자연을 느낄 만한 곳이 없다. 그런 의미에서 부산의 코 앞에 그렇듯 아름답고 조용한 섬이 하나 있다는 것은 우리의 복이 아닐 수 없다.

이제 대마도 스스로도 과거의 안주(安住)에서 벗어나 새로운 활력을 불어넣기 위해 조선통신사 시절의 화려한 부활을 시도하고 있다. 한일 양국에 걸쳐 유일한 조선통신사를 기념하는 아리랑 축제가 해마다 열리는가 하면, 각 정청(町廳)에 한국인 직원을 상주시키고, 부산에 대마도 사무소를 개설하는 등 활발하게 움직이고 있다. 이렇든 저렇든 대마도는 벌써 우리 앞에 바싹 다가와 있는 것이다.

이발소에서

　우리 동네에 내가 단골로 이용하는 이발소가 있다. 그 이발소는 옛날 이발소처럼 창을 투명하게 해서 밖에서도 안을 볼 수 있고, 안에서도 밖을 볼 수가 있어서 좋다. 여자 면도사를 고용해서 떳 떳하지 못한 안마를 하는 그런 부정적 이미지가 없어 무엇보다 마음이 푸근하다. 그래서 나는 늘 거기서 머리를 깎는다.

　며칠 앞서 머리를 깎아 주던 이발사는 '김대중이가 결국 아까운 사람을 죽였다.' 며 아주 당연한 듯이 말했다. 그리고 내가 더욱 놀란 것은 전라도를 가리키는 저쪽이라는 그의 말투였다. 부산에서 보면 저쪽이란 가까운 마산일 수도 있고 멀리 서울이나 강원도, 또는 일본이나 미국일 수도 있다. 하지만 그가 말하는 저쪽이란 전라도임이 분명했다. 그의 입에서 아무런 거리낌없이 아주 자연스레 흘러나온 그 말을 곰곰히 생각해 보면 우리(경상도 사람)는 전라도에 대해서 당연한 구별의식이 있다는 것을 전제하고 있었다. 다른 지역도 많은데 하필이면 전라도인가. 그것이 전라도 사람이 대통령이 된 것 때문이라면 전주 이씨의 정권이었던 조선왕조도 못마땅게 여겨야 하고, 판소리나 춘향전과 같은 위대한 문화 유산도 배척을 해야지 않는가.

이치를 따져보면 정치에 있어서 그런 지역감정은 개인에게나 지역 사회에 아무런 실익이 없다. 이른바 티케이 정서니 피케이 정서라는 것도 그야말로 허공에 뜬 지역 이기주의에 불과하다. 대통령이 내 고장 출신이라서 권력 주변에 있는 극소수의 사람을 제외한 대다수의 사람들은 정책에 따라 이해득실이 있을지는 모르지만 지역성과는 아무런 상관이 없는 것이 아닌가. 지금 나라의 모든 어려운 일들이랑 모두 저쪽 정권들이 잘못했기 때문이라는 인식이 아주 깊이 드리워져 있었다. 지금의 어려움을 모두 과거 저쪽 정권 탓으로 돌린다면 그 어려움이라는 것이 우리 부산만 당하고 있는 것이 아니라는 것은 엄연한 사실이 아닌가. 물론 다른 지역에 비해 상대적으로 좀더 어려움을 겪고 있는 것은 사실이지만, 그것 또한 부산 산업의 구조적인 문제라는 것이 왠만큼만 상식이 있는 사람이라면 알 것이다.

그리고 삶의 질 향상이라는 보다 미래 지향적 사고로 본다면 지역 발전이라는 것은 공장을 많이 지어 산업 인구가 늘어나는 것이 아니라 그 삶의 조건이 좋은가에 달려 있는 것이다. 특히 부산은 공장을 많이 유치하는 것보다 천혜의 관광 조건을 활용하는 관광

산업이나 3차 산업이 더 바람직하지 않을까.

물론 나는 우리가 단일 민족이라해서 엄연히 존재하는 지역적 차별을 거부하는 것은 바람직하지 않다고 생각한다. 산이 많은 우리 나라는 고개 하나 물 하나 넘으면 말씨가 다르듯이 지역별로 서로 다른 독특한 정서와 풍습이 있다. 그것을 굳이 똑같이 여길 필요는 없을 것이다. 진정한 차별의식이란 나라의 분열을 가져오는 것이 아니라 나라의 자산이요 저력이 된다.

그래서 자신의 고장에 대한 애정과 자존심은 중요하다. 하지만 상대에 대한 가치를 인정하고 존중할 줄도 알아야 한다. 동래 들놀음 같은 부산의 탈춤이나 메나리 가락이 훌륭한 것을 안다면 전라도의 육자배기나 판소리 역시 매우 가치 있는 것이다. 또한 경상도 말씨가 선이 굵은 것이라면 나근나근한 전라도 말도 매력으로 볼 줄 알아야 하지 않을까.

우리는 안중근 의사나 김구 선생이 자기네 지역 출신이 아니라 해서 평가절하하지 않는 것처럼 김대중 대통령을 평가함에 있어서 어떤 점수를 주든 출신 지역이 전제되지 말아야 할 것이다.

미국을 다시 생각한다

미국의 정확한 명칭은 '아메리카합중국'이다. 한자 문화권에서 '美國' 또는 '米國'으로 표기한다. '美國'은 '아름다운 나라'라는 뜻 그대로 대단히 긍정적 이미지이며, '米國'은 다소 비아냥대는 듯한 부정적 이미지가 강하다. 참으로 아이러니한 것은 한자 문화권에서 미국과 가장 가까운 일본이 '米國'이라고 하고, 적국인 중국은 '美國'이라 한다는 것이다. 우리 한국 입장에서 이제 미국이라는 호칭 문제에 대해 생각할 때가 왔다.

우리는 지금껏 '美國'의 호칭에 대해 별다른 이견이 없었다.

일찍이 이 땅에 건너온 미국 선교사들은 의료와 교육에서 좋은 일(?)을 많이 했다. 게다가 우리를 지배하던 일본을 패망케 했고, 또한 전쟁 때는 엄청난 희생을 치르면서 남한의 공산화를 막아줬고, 전쟁 뒤에는 많은 구호 물자로 원조를 했다. 그래서 미국은 좋은 나라, 또는 만년 우리의 편으로 여겼던 게 사실이다.

그러나 미국은 정말 우리를 위해서 자신들은 손해를 보며 만년

호구 노릇을 하는 정의와 봉사의 나라인가 점에서는 냉철히 생각해 볼 필요가 있다. 과거 제국주의 국가들의 미개발 국가를 지배하기 위한 전형적 방법이 처음엔 선교사를 파견해서 좋은 이미지를 얻게 하고, 그 다음 기업이 들어가서 개발과 돈벌이를 하고, 마지막으로 군대가 주둔하는 것이다. 미국과 우리의 경우도 예외는 아니었다. 한반도는 미국이 2차대전 승리의 노획물이며 그들의 국가 이익에서 결코 포기할 수 없는 곳이다. 종전 직후 미군이 인천에 들어왔을 때 그들은 깜짝 놀랐다고 한다. 자신들은 어디까지나 전쟁에서 이긴 점령군으로 들어왔는데 한국 국민들이 해방군으로 대대적 환영을 했으니 말이다.

우리가 미군을 철수하라 해서 그들이 선뜻 물러서겠는가를 생각해 보면 그 답은 자명하다. 그들은 결코 한국을 위해서 많은 예산을 써가며 군대를 이 땅에 주둔시키고 있는 것이 아니다.

한반도의 평화를 위한다지만 남북의 평화적 사업에 끊임없이 딴죽을 걸고 있지 않는가. 더구나 이번 여중생 압사 사건을 보면, 그 자체도 도저히 용서받지 못할 일이지만 그 뒤 그들의 태도는 오만하기 그지없다. 남의 집 개를 죽여도 그런 태도를 보이지 않을 것이다. 남쪽의 의사나 정서와 전혀 상관없이 그들은 북쪽을 여차하면 공격하겠다고 거리낌 없이 말하고 있다. 한반도에서 전쟁이 일어난들 그들의 나라는 안전하게 텔레비전 시청하듯, 컴퓨터 게임을 하듯 즐기고 있을 테니까.

이제 우리는 이쯤에서 미국을 다시 생각해야 한다.

정말 미국은 우리의 우방이거나 정의의 나라인가. 미국은 정말 무엇 때문에 이 땅에 군대를 주둔시키고 있는가. 우리와 미국의 관계는 평등의 관계인가. 혹시 우리는 미국의 식민지가 아닌가. 일제 식민과 미제 식민의 차이는 무엇인가.

미국은 만년 우리편이 아니며, 그들도 그들의 이익을 위해서 이 땅의 기득권을 지키려 노력하고 있으며, 우리는 우리의 자주와 독립, 그리고 무엇보다 그들보다 위대한 역사와 문화를 가진 민족의 자존심을 회복해야 하는 시대적 과제를 안고 있는 것이다.

3

이상한 학교, 이상한 나라

아이들아, 이젠 책을 불살라 버려라!
그 꼴짜기와 사막을, 해안을,
그리고 지구의 가장 깊숙한 곳을 탐색하라!

대한민국은 지금 학원 과외 중

　대한민국은 지금 학원 과외 중이다. 온 나라가 학원 과외로 중병을 앓고 있다. 이제 우리 주변에서 학교를 마친 아이들이 골목에서 놀고 있는 모습을 보는 것은 그리 흔하지가 않다. 하교 무렵이면 주택가나 아파트 단지는 러시아워를 방불케하는 학원 차량들이 분주히 아이들을 실어 나른다. 언제부턴가 고등학교 3학년생이나 치르는 입시전쟁이 고등학교 저학년에서 중학교로 다시 초등학교까지 확전되고 말았다.

　일전에 아내와 심하게 다투었다. 초등학생인 딸애가 밤늦은 시간에 영어 학원에 다니는 문제 때문이었다. 아내는 남들 다 다니는 학원에 우리 애만 뒤쳐지게 할 수 없다는 것이었다. 뒤쳐진다는 것도 지금의 학습이 아니라 중학교에서 배울 것을 미리 배운다는 것이었다. 초등학생은 거기에 맞는 학습과 그 나이에 맞는 정서 활동이나 생활이 중요하다고 아무리 강조를 해도 아내를 설득시킬 수 없었다.

아내가 전문가라 할 수 있는 일선 교사인 남편의 말까지 무시할 정도로 '학원병'은 정도가 심각해졌다. 이른바 '선행학습증후군'이다 하여 학업의 흥미도 상실과 집중력 저하, 장기적으로 학습의 여러 가지 장애는 물론 심하면 정신장애를 초래할 수도 있는 새로운 전염병이 확산되고 있고, 아파트 투기 현상에도 학원이 단단히 한몫을 하고 있으며, 골목골목마다 그런 학원이 넘쳐나고, 그 학원마다 아직 나이가 어린 초등학생들까지 몰려다니는 이러한 현상은 중병임에 분명하다.

학원은 어디까지나 장사를 목적으로 하고 있다. 그래서 그들은 끊임없이 상품을 만들어내야 한다. 특히 학부모들의 경쟁과 불안 심리를 자극하고, 소외되기를 싫어하는 심리를 교묘히 부추겨서 시장 확대를 꾀한다. 또한 그러한 상술은 우리 사회가 가지고 있는 보통의 건전한 교육관을 오염시키고, 그 교육관을 바탕으로 이룩된 공교육의 체제를 뿌리부터 흔들며 나아가서는 사회 불안의 중심 요인으로 등장하는 지경까지 이르고 말았다.

초등학교 1학년부터 고등학교 3학년까지 교육과정은 그들에 의해 철저히 무시된다. 일부 영재에게나 필요한 특수한 학습 방법이 보통의 아이들에게도 강요되고 있는 것이다. 무조건 많이 시키는 것이 최선의 방법으로 통한다. 거기에는 이미 부모가 개입할 여지가 없어졌고, 학교마저도 그 폭이 대단히 좁아졌다. 아니래도 우리의 부모들은 아이들이 집에 있으면 불안해서 견딜 수 없어한다. 학교의 행사가 있거나 특별한 사정으로 아이들을 일찍 귀가시키면 곧바로 학부모들의 항의 전화가 걸려온다. 이미 부모들의 생활도 아이들과 집에서 같이 보내는 일에 익숙하지가 못할 정도가 되어버린 것이다. 그것은 학원이 만들어낸 상품의 편리함에 길들여진 탓이다. 심지어 고등학교의 경우 전국 단위의 모의고사는 대형 학원들이 완전히 장악을 하고 있다. 그 부작용을 막고자 실시하는 교육청의 모의고사는 일선 학교로부터 외면당한다. 자료나 통계가 학원보다는 뒤떨어지기 때문이다. 사실 교육청의 모의고사도 그러한 학원에 의뢰해서 실시하고 있는 실정이다. 그리고 일선 고등학교 교무실에는 대형 학원에서 운영하는 출판사 담당 직원이 상주하다시피 한다. 그들은 모의고사, 교과서, 참고서, 문제집을 세일즈하며 입시 산업의 첨병으로 활약하고 있다. 학교도 그런 학원을 통하지 않고는 입시 경쟁에서 낙오되고 만다. 학원을 중심으로 학부모, 학교가 연결된 견고한 고리를 그 누구도 끊을 수 없다. 입시 경쟁을 완화시키기 위해 실시하는 수능시험 문제마저도 그들에 의해 좌지우지되니 아이러니하게도 수능시험은 그 입시산업의 결정판으로 전락한 지 오래됐다.

고등학교에서 파생된 입시 산업은 그 발달된 상술로 초등학교 저 학년까지 밀어닥쳐 이제는 자녀가 말을 배우면서부터 바야흐로 입시 전쟁터로 내몰리는 입시공화국, 아니 학원공화국이 된 것이다.

공교육이 무너진다는 것은 우리 사회의 가치관 또한 같이 무너지는 것이며, 가정도 사회도 함께 무너지고 있는 것이다. 국가적 차원에서 그 어떤 특단의 대책을 강구하지 않고서는 어쩌면 치유가 불가능할지도 모르는 나락으로 떨어질 것이다.

나는 최소한 고등학생이라면 몰라도 아직 초등학생인 딸애와 저녁식사를 같이 하는 이 시간만은 학원에 뺏기고 싶지는 않다. 그럴 리는 없겠지만 설사 남들 보다 학업에 뒤진다하더라도... 그런데 지금의 풍토는 이런 소박한 꿈마저 빼앗아가고 있는 것이다.

입시 학원에 휘둘리는 한국의 교육

수능 시험이 끝나는 날, 울산에 한 수험생은 자신의 성적을 비관하여 자살을 했다. 가 채점 결과 340점이 나왔다니 공부를 꽤 잘하는 학생이었다. 자신은 360점 쯤 기대를 했는데 20점이나 낮게 나왔고, 게다가 시험이 끝나자마자 모든 언론에서 작년보다 10점에서 많게는 20점 높게 나올 것이라는 보도가 나오자 상대적인 박탈감은 더욱 컸을 것이다. 그런데 8만 명을 표집 채점한 결과 평균이 작년보다 3점에서 5점 정도 낮았다.

물론 그 학생을 죽음으로 본 일차적 잘못은 성급한 언론 탓이겠지만 꼼꼼히 따지고 보면 그 자료를 제공한 이른바 입시 전문가들이요, 그 입시 전문가를 떠받치고 있는 대한민국의 입시 재벌인 학원인 것이다.

우리나라에서는 입시를 산업이라고 한다. 하기사 그 시장 규모가 수십 조에 달한다고 하니 입시는 엄청나게 시장이 큰 거대 산업이요, 그 산업을 일으키고 있는 재벌이라는 대형 학원이 탄생했다. 그렇다보니 그들은 막대한 자금력으로 끊임없이 새로운 사업들을 만들어내고 있는 것이다. 이제 입시에 관한 한 그들을 따라갈 수가 없다.

국민의 정부가 들어서면서 망국적인 입시 문제를 해결하기 위하여 여러 가지 개혁적 정책을 시도했지만 결국은 제자리로 돌아오고 말았다. 사교육비를 줄이고 공교육을 정상화시키기 위하여, 내신을 강화, 특기적성 교육 실시 및 입시의 다양화, 모의고사 금지 등을 실시했지만 책임자(교육부 장관)는 임기도 못 채우고 쫓겨나다시피 하고 말았다. 그야말로 달걀로 바위 치는 꼴이 아닐 수 없다.

모의고사의 예만 보더라도 시험의 질이나 시험 뒤 자료가 교육부나 시도 교육청에서 실시하는 시험과는 비교가 되지 않는다. 심지어 교육청의 시험도 사실은 그들에게 위탁할 수밖에 없는 실정이다. 그들은 이제 단순히 부교재만 팔아먹는 것이 아니라 교과서도 거의 장악을 하고 있으니 교육 내용은 물론이요, 각종 로비 활동으로 교육 정책까지 좌지우지하고 있는 것이다. 이쯤 되니 언론들이 앞다투어 그들의 자료들과 주장을 보도하는 것이다.

재학생들의 점수가 10점에서 20점 낮게 나왔다는데 오히려 재수생들은 그만큼 높게 나왔다는 것이다 - 물론 이 자료도 그들이 발표한 것이다. 그래서 이번 수능 시험은 재수생을 위한 시험이라고까지 한다. 재수생들이 누구인가. 바로 학원에서 공부한 학생들이 아닌가. 시험 다음 날 고삼 교실에서는 예년과 달리 눈물을 흘리면서 재수하겠다며 책보따리를 다시 챙기는 학생들이 많아졌다는 것은 보통 심각한 문제가 아니다.

일각에서는 학생들의 수학능력이 뒤떨어졌다고들 하지만, 단편적인 지식을 묻는 문제를 탈피하여, 종합적인 사고력을 요구하는 문제를 출제한다고 하지만, 사실 문제를 꼼꼼히 뜯어보면 그 어떤 유형들이 있고, 그러한 유형들을 반복해서 많이 푼 학생들이 좋은 점수를 받을 수 있다. 이것은 결국 문제 풀이식 수업, 곧 학원식 수업을 하지 않으면 안된다는 것을 말해준다.

문학 공부는 작품을 읽고 감동하며, 그 감동을 삶의 파장으로 연결하는 것인데, 시험은 작품 감상이나 삶은 완전히 제거된 채 정답을 골라내는 도구로 전락한 것이다. 그러기에 문학 작품은 수학 문제처럼 재미 없고 골치 아픈 것으로 인식되어진다.

작년 장관까지 사퇴할 정도로 사회 문제가 되었던 난이도 조절이 올해 다시 되풀이 된 것은 바로 그들의 장난에 놀아났다는 증거이며, 달리 보면 우리의 교육은 그들에 의해서 웃고 울고 할 수밖에 없는 한심한 지경에 이르고 만 것이다.

이상한 학교, 이상한 나라

　화창한 봄날이었다. 그렇고보니 벌써 4월이다. 한창 강의를 하다 창밖을 보니 운동장 가로 줄지어 선 벚나무에 꽃이 한창이었다. 춘곤증인가. 학생 하나가 책상에 머리를 막은 채 있었다. 약간은 괘씸하기도 했지만 날이 날인지라 그냥 버려 두었다. 하지만 녀석은 끙끙 헛소리까지 지르고 있었다. 가까이 갔다.

　선생님, 영주 많이 아파요.

　짝지애가 대수롭지 않은 듯 말했다.

　아프면 집에 가야지... 나는 예의 그 녀석을 흔들었다.

　괜찮아요.

　녀석의 얼굴은 말이 아니었다.

　괜찮긴 뭐가 괜찮아. 얼굴이 형편없는데.

　그래도 녀석은 막무가내로 집에 가지 않겠다 했다. 그렇다면 양호실에라도 가라니 양호실은 이미 만원이어서 되돌아왔다고 했다. 나는 도무지 이해할 수 없었다. 공부하다가 아프면 집엘 가던지 병원에 가서 몸조리를 해야지 공부가 그 무슨 인간 한계에 도전하는 의지의 실천장이나 전쟁하는 것도 아닌데 녀석은 내 말을 듣지 않았다.

하기사 그런 일이 어디 영주뿐은 아니었다. 언제부턴가 아이들은 왠만큼 아파가지고는 결석이나 조퇴를 하지 않는다. 모두가 결석하면 큰일나는 것으로 생각하는 것 같다. 아니 결석이나 지각, 조퇴를 죄로 여기는 것 같다. 출석이 있으면 결석이 있고, 등교시간이 있으면 지각이 있는 것이고, 또 마치는 시간이 있으면 조퇴가 있는 것이 아닌가. 출석이든 결석이든 모두가 엄연히 있는 제도가 아닌가. 인간이 살아가는데 어찌 기계처럼 오차없이 살 수가 있는가. 참으로 답답할 노릇이 아닌가. 그래선지 인문 여고에서는 정말 특별한 경우가 아니고는 결석이 없다. 일 년 내내 결석, 지각, 조퇴가 한 건도 없는 반도 있다. 어떻게 40여 명의 인간들이 모여 있는데 한 달도 아니고 일 년을 그렇게 완전무결하게 학교에 다닐 수 있을까. 다른 나라 같으면 기네스북에 올라도 벌써 올랐을 것이다. 이것은 이상해도 한참 이상한 것이다. 그 40명의 학생들이 일 년 내내 몸살 한번 앓지 않았고, 집안에 대소사가 단 한번이라도 없었단 말인가.

지금은 거의 유명무실해지긴 했지만 개근상이라는 것도 문제가 많다. 그것은 과거 어려웠던 시절 그야말로 학업에 별로 열의가 없던 시절 학업을 장려하기 위한 제도이지 요즘에야 오히려 일 년 내내 결석 한번 하지 않는 기계 같은 인간이 더 문제가 아닐까.

사람이 모여 사는 인간 세상에 사람의 일이 가장 우선일진대 학교가 그런 일까지도 막는다는 것은 잘못돼도 한참 잘못됐다. 집안의 대소사가 있어도 학교 다니는 자녀들은 빠지고 어른들만 참석하는 것이 당연하게 여기는 지금의 풍토가 어찌 정상이라 할 수 있는가.

며칠 앞서 아내와 그 문제로 언쟁을 벌인 적이 있다. 아내는 다른 사람도 아닌 처제 결혼식인데도 올 해 초등학교에 입학한 딸애 학교 때문에 결혼식에 늦게 참석하겠다는 것이 아닌가. 가만히 생각하니 아내는 여태까지 한번도 빼먹지 않던 시아버지 제사에도 올해부터 가지 않았다. 그것 역시 딸애 학교 때문이었다. 내가 아무리 설명을 해도 아내를 설득시킬 수 없었다.

옛날 집안에 큰일이 있으면 어른이고 아이들이고 모여 북적댔다. 그런 것이 없다면 사촌이 무슨 의미가 있고 나아가서는 형제인들 무슨 의미가 있는가. 사람이 산다는 것은 그것을 위해 사는 것이고 공부를 하는 것도 바로 그런 것을 배우는 게 아닌가.

은하수 두 갑

　며칠 앞서 학부모로부터 식사나 한 끼 하자해서 만났다. 그 학부모는 알고보니 이래저래 서로가 잘 알고 있는 처지였고 더구나 나 자신이 모처럼 담임을 맡아 학급 운영에 대한 감도 잘 잡히지 않아서 학부모 의견도 필요할 것 같아서 가벼운 마음으로 만났다. 그리고 서로가 격의 없이 유익한 이야기도 많이 나누었다. 그런데 헤어지면서 굳이 사양하는 내게 넥타이 티켓이라며 봉투를 하나 내밀었다. 집에 와서 보니 그 속에 돈이 들어 있었다.

　나는 갑자기 머리가 어지러웠다. 이걸 어떻게 해야 하나. 돌려 주자니 상대방을 무시하는 것 같고, 그렇다고 그대로 있자니 맘이 찝찝해서 여간 고민스러운 것이 아니었다. 도대체가 어디까지가 인정이고 성의며, 어디까지가 이른바 뇌물이란 것인가. 서로의 아는 처지로 볼 때 뇌물을 건너야 할 하등의 이유는 없었다. 그렇다면 저녁 한 끼 대접받는 것으로 충분하지 않는가. 그래서 다음에 내가 저녁을 대접하면 될 일이 아닌가.

정말 판단이 서지 않았다. 문득 십수 년 전 내가 처음 교직에 들어섰을 때 일이 생각났다. 그 학교는 대구 근교라 도회지 아이들과 농촌 아이들이 섞여 있었다. 어느날인가 내 옆자리 책상 위에 은하수 두 갑이 가지런히 놓여 있었다. 아마 농촌 지역 어느 학부모가 가지고 온 담배리라. 그 당시 은하수는 고급 담배가 아니라 중급 정도였다. 그러니 왠만한 사람들은 은하수를 피우지 않는 실정이었다. 그래선지 그 은하수 두 갑은 몇날몇일 그 책상 위에 버려진 채 놓여 있었다. 나는 그 담배를 보면서 한편으로 안타깝기도 했고, 한편으로는 흐뭇하기도 했다.

내 어린 시절, 소풍날 아버지는 선생님 갖다드리라며 담배 몇 갑을 사 주셨다. 그때 담배 이름은 잘 기억되지 않지만 아마 고급 담배는 아니었을 것이다. 어린 나이였지만 나는 그것이 부끄러웠다. 선생님이 이런 담배 피우실까. 혹시 흉보지나 않으실까. 나는 그런 아버지가 못마땅해 소풍 도중에 담배를 버려 버릴까도 생각했다. 하는 수 없이 선생님께 아버지의 담배를 내밀고는 고개도 들지 못한 채 도망치 듯 돌아섰다.

베푸는 사람 입장에서 때때로 그런 인정이 흉될까 걱정하기도 한다. 하지만 나의 부친이나 은하수 담배의 학부모는 그 물질의 값은 고려치 않는다. 그것은 바로 우리네 인정이었고, 정성이었다. 만약 물질적 기준으로만 따진다면 인정이란 참으로 왜소해진다는 것을 그때 비로소 깨달았었다.

세상 살아가는데 그런 인정마저 없다면 얼마나 각박할까. 교사가 된 지도 벌써 스무 해가 가까워오는 지금에 와서 정말 아이러니하게도 나는 어릴 때의 그 고민을 거꾸로 하고 있는 것이다. 그것이 정말 그 학부모의 인정이라면 그 학부모의 손을 부끄럽지 않게 하는 방법은 없을까...

촌지가 사회문제가 되고 있는 것은 역으로 그런 인정이 메말랐기 때문이 아닐까. 인정이 사라진 자리에는 오로지 돈과 물질만 남는 법이다. 돈이 모든 가치의 기준이 되어 버린 오늘날 자꾸만 옛날이 그리워지는 것은 무엇 때문일까.

소풍유감

몇 해 전까지만 해도 소풍가기 전날이면 학교가 시끌벅쩍했다. 개인은 개인대로 학급은 학급대로 제각기 소풍날을 위해 노래랑 게임이랑 장기랑 연습에 온통 들떠 있었다. 하지만 지금의 소풍이란 그냥 일과성의 행사일 뿐이다. 언제부턴가 학교 소풍에 놀이가 없어졌다. 목적지에 도착하면 그저 도시락을 까먹고, 단체 사진이나 찍고 마치는 것이다. 그리고 뭔가 아쉬움이 남는 아이들은 오락실이나 노래방으로 향한다.

모처럼 학급의 담임을 맡은 나는 그러한 소풍 문화를 좀 바꿔 보려는 속셈으로 놀이 계획을 짜게 하고 아이들로 하여금 같이 놀게 했지만 놀이를 잊어버린 아이들은 놀 줄을 몰랐다. 기껏 별난 몇몇이 나와서 이상한 몸짓으로 흔들어대는 것이 고작이었다. 노래라도 같이 부르자 하니 노래 또한 어색하기 그지없었다. 요즈음 아이들이 부르는 노래라는 것이 혼자서 귀에 이어폰을 꼽고 흥얼거리기에 적합한 것이지 같이 음을 맞춰 부르는 노래는 아니었다.

아이들에게 같이 부를 노래도 놀이도 없었다. 그러면서도 인간교육을 부르짖으며 패를 갈라 극한적 투쟁을 일삼은 우리의 교육현실이 참으로 한심스럽다.

아이들만 그런 것이 아니다. 어른들도 놀이를 잊어버렸다. 모이면 고스톱을 치거나 노래방뿐이지 않는가. 서로의 인간적 유대를 확인하며 인간적 멋을 느끼며 그러면서 삶의 재미를 느끼는 것이 이제 우리에게는 아주 낯선 문화가 되어 버린 것이다.

삶의 참다운 의미는 바로 놀이에 있고, 놀이에서 힘을 얻고 새로운 삶도 창조하는 것이다. 놀 줄 모른다는 것은 살 줄 모른다는 것과 같다. 잘 놀 줄 모르면 역시 잘 살 줄 모르는 것이다.

옛부터 우리 민족을 가리켜 춤과 놀이를 즐기는 민족이라고 했다. 사실 우리 민족은 일과 놀이가 따로 분리되어 있지를 않았다. 또한 절기마다 명절이 있었고, 그 명절은 곧 모두가 즐겁게 노는 것이었다. 어떻게 보면 그러한 명절을 기다리며 준비하고 일하고 어려움도 참아내며, 또한 그날을 위하여 살아갔는지도 모른다.

다른 나라의 경우를 보더라도 아무리 세태가 바뀌었지만 축제는 여전히 살아남아 그 사회의 중심축을 이루고 있다. 가까운 일본만 보더라도 각 마을마다 옛부터 내려오는 고유한 축제가 갈수록 더욱 성대히 신명나게 치뤄지며 심지어는 그것이 관광 상품으로 각광을 받고 있다.

오늘날 우리에게 명절은 있지만 놀이가 없고, 놀이가 없으니 신명이 없고, 신명이 없으니 명절은 그저 일과성 날자일 뿐이다. 지방화 시대를 맞아 지역마다 축제를 한다고 거창하게 떠들어대지만 모두가 알맹이 없는 겉치레 행사일뿐 진정한 축제는 없다. 축제가 없는 사회는 얼마나 무미건조하며 삶의 재미도 탄력성도 창조성도 없는... 기껏 여유의 시간을 갖게 되지만 어떻게 놀 줄을 모른다. 더구나 여러 사람이 같이 어울리면 아무것도 할 것이 없다.

만약 우리에게 텔레비젼이나 컴퓨터가 없다면 정말 살기가 힘들 것이다. 텔레비젼이나 컴퓨터란 것은 인간을 더욱 개별화시키는 반사회적, 반인간적, 반문화적 문명의 이기이다. 그래서 우리는 이제 한시도 기계에 의존하지 않고는 살아갈 수 없는 핏기없는 인간으로 그런 사회를 만들어가고 있는 것이다. 도대체 이런 사회의 존재가치는 무엇인가 심각하게 묻지 않을 수 없다.

달 있는 교실

자율학습을 하는 교실이 갑자기 술렁거린다. 복도에서 아이들 학습을 감독하고 있던 나는 혹시나 교실 분위기가 흐트러질까봐 얼른 문을 열고 교실을 기웃거렸다. 아이들은 이내 제자리로 돌아 갔지만 몇몇은 여전히 창쪽을 기웃거렸다.

나도 그쪽으로 눈길이 갔다. 막 저무는 도회지 건물 위로 둥글 고 밝은 보름달이 떠 있었다. 도시 생활에서는 좀처럼 보기 힘든 아름다운 광경이었다.

와, 굉장하구나!

나는 속으로 감탄을 내질렀지만 참았다. 그랬다간 아니래도 기 회를 엿보며 떠들고 싶어하는 아이들이 순식간에 난장판이 될 것 같았다. 내 표정은 더욱 무겁게 아이들을 경계했다.

교실을 나오면서 내 스스로가 참으로 한심했다. 어쩌다가 내가 이렇게 됐을까. 정서가 메마른 삭막한 교육 현장의 문제점을 누구 보다 절실하게 느끼고 있는 내가 그렇듯 아름다운 자연 경치를 보고도 그 감동을 억제하도록 감시를 하고 있는 것이 아닌가.

이게 교육일까. 아니 이게 지금 우리네 교육 현실이다. 좋은 것을 보고도 좋다는 감정까지 억눌리도록 강요하는 참으로 한심스러운 우리네 교육현실, 나도 모르게 그 그릇된 흐름의 앞잡이로 변모해가고 있는 것이다.

그동안 우리가 이른바 교육을 한답시고 기울인 노력들이 얼마나 엇길로 가고 있는지 알지 못한 채 오로지 성적지상주의에 매몰되어 매진하고 있는 것이다. 교육은 그렇듯 스스로가 알게모르게 반자연적이고, 반환경적이고, 반인간적이며, 반정서의 모습으로 변해 있다. 도대체 이것은 교육이 아니다. 오히려 인간을 망치게 하고 있는 것이다.

거창에 있는 어떤 학교에서는 첫눈이 오면 무조건 수업을 중단하고 뒷산에 토끼 사냥을 나간다고 한다. 얼마나 멋진 일인가. 성적지상주의, 지식제일주의, 수업제일주의... 등으로 치닫는 동안 우리의 교육은 철저하게 반정서 교육으로 변해 있었다. 이제는 학교에 합창 경연대회 같은 것도 사라져 버렸다. 메마른 정서, 비뚤어진 정서는 곧 메마른 인간, 비뚤어진 인간을 길러낸다는 것과 같다.

요즈음 들어 환경친화라는 말을 많이 사용한다. 환경이 얼만큼 중요한가를 뒤늦게 깨닫게 된 것이다. 인간의 입장에선 인간친화성 인간이 필요하다. 환경친화와 인간친화는 곧 정서에서 나온다. 그래선지 앞으로의 인간은 IQ(지능지수)보다 EQ(정서지수)나 MQ(도덕지수)가 중요한 평가 항목으로 떠오르고 있다. 실제 미래 기업에서는 입사 시험에 벌써 EQ, MQ 항목을 넣고 있는 것이다.

메마르고 비뚤어진 인간이 제 아무리 높은 지식을 갖춘다해도, 아니 그런 인간이 지식이 높을수록 사회에 끼치는 해독은 위험하기 그지없다. 무시무시한 약품이나 무기를 만들어 수많은 인간을 한꺼번에 쓰러버릴 수도 있기 때문이다.

우리는 이 시점에서 참으로 심각하게 고려해야 한다. 교육의 근본 목적과 미래 사회를 위해 결단을 내려야 한다. 성적은 개인에게 맡기고, 학교에서 해야 할 일은 인간성에 제일 목표를 둬야 한다.

딸애와 함께 보는 빨강 머리 앤

제발 테레비 그만 보고 공부 좀 해라!

아이가 있는 집안이면 가장 많이 들리는 소리다. 자녀 교육을 하는 부모들의 입장에서 텔레비전은 여간 골치덩어리가 아니다. 심한 경우는 거의 매일 아이와 씨름을 해야 한다. 하지만 문제는 텔레비전이라는 것이 단순히 아이들의 공부할 시간만 **빼앗는** 것이 아니라 프로그램 내용이 가져다 주는 불건전성에 있다. 현실적으로 아이들에게 무조건 텔레비전을 못 보게 할 수는 없다. 제한된 시간에 좋은 프로그램을 선택적으로 볼 수 있도록 지도를 해야 하는데 불행히도 아이들에게 권할 만한 프로그램이 없다는 것이다. 어린이를 대상으로 하는 프로그램이 대부분 만화인데 우선 현란한 그림도 그렇고, 그 내용이 비현실적 세계와 별 이유없이 싸우는 폭력, 등장인물도 거의 기계여서 아이들 정서에 심각한 해를 끼치는 것들이다. 과거에는 시간이 아깝지 않을 정도로 좋은 만화들이 더러 있어서 온 가족이 같이 보곤 했다. 하지만 요즘엔 정말 어른과 아이가 함께 볼 수 있는 프로그램이 없다.

그런데 최근에 방영된 '빨강 머리 앤'은 여느 만화와는 달랐다. 딸애가 그 시간을 기다려 텔레비전 앞에 앉아서 열심히 보고 있길래 얼핏 보니 우선 그림이 어지럽고 현란하지 않아서 같이 보게 되었는데, 어느덧 나의 눈에도 딸애의 눈에도 눈물이 흘러내렸다. 아, 요즈음 세상에도 삼십 년이 넘는 세대 차이를 뛰어넘어 감정을 같이 공유할 수 있다는 것이 얼마나 뿌듯했는지 모른다. 그 시간만 되면 딸애와 나는 텔레비전 앞에 나란히 앉아서 서로가 같은 감정을 나눌 수 있었다.

부모가 없는 앤이 늙은 오누이가 살고 있는 초록의 집에서 아무 구김살 없이 밝고 건강하고 바르게 살아가는 이야기는 참으로 감동적이었다. 거기에는 아름다운 눈물이 있었다. 이토록 메마른 현대를 살아가면서 아이에게 눈물의 의미를 가르친다는 것은 그 어느 것보다 소중하다.

흔히들 요즈음 아이들은 너무 이기적이고 버르장머리가 없다고 한다. 어떤 사람들은 과잉보호 탓이라고 하고, 어떤 사람들은 형제가 없이 자라기 때문이라고 한다. 다들 맞는 말이라고 생각된다. 하지만 기본적인 것은 정서 결핍에 있다. 그들은 아무런 감정이 없는 기계에 포위되어 살아간다. 정서의 결핍이란 곧 비인간화를 의미한다. 온 나라가 전인교육(인간화교육)을 강조한다. 인간화 교육이란 '착하게 살아라' 는 말만으로 되는 게 아니다. 그들의 삶에서 인간적 냄새와 인간적 감정, 인간적 가치가 가장 소중하다는 곧 정서가 풍부해지도록 여건을 조성해야 하는 것이다. 그것은 체험 속에서 느끼지 않고는 다른 방법이 없다. 사람과 사람이 서로 정을 나누는 것, 좋는 만화나 책을 읽거나 음악을 감상한다든지, 자연의 아름다움과 신비함을 느낀다든지 하는 것은 모두 정서를 풍요롭게 할 것이다.

'오늘 빨강 머리 앤을 보았다. 너무 슬펐다. 가만히 생각해 보았다. 나도 이제 어른이 되어가나 보다.'

딸애의 일기장을 보면서 너무 대견스러웠다. 다음날 서점을 들러 빨강머리 앤 책을 선물로 사주었다. 아마 딸애는 그 책을 읽고 또 읽으면서 텔레비전에서와는 또다른 감동을 느낄 것이다.

인간 지뢰

　망진자호야(亡秦者胡也)란 말이 있다. 진나라는 만리장성을 쌓는 등 온 나라의 힘을 다해 북방 오랑캐를 막으려 했지만, 정작 진나라를 망하게 한 것은 북방 오랑캐가 아니고 내부의 문제로 망하고 말았다는 뜻이다. 세계 최고 강대국인 미국이 외부의 적을 막기 위해 엄청난 돈을 쏟아부으며 그들의 국토를 방어하려 하지만 그들의 심장이랄 수 있는 뉴욕 최고의 건물이 무참하게 허물어졌다는 것은 어쩌면 미국을 망하게 하는 것은 외부의 적이 아니라 내부 모순에 의한 것이 될지도 모른다는 교훈이 아닐까.

　마찬가지로 우리 인간 사회의 그 어느 국가든 집단이든 간에 망하는 것은 내부의 모순에 의한 것이 대부분이다. 그 내부 모순이라는 것이 기실 따지고 보면 인간의 문제인 것이다.

　여의도 광장에서 무작정 질주하여 불특정 다수에게 적의감을 드러낸 사건이 몇 해 전에 있었다. 그것은 아무도 상상하지 못한 한 개인의 파멸이요, 한 가정의 파멸인 것이다. 우리가 길을 가다가 정말 아무런 이유도 없이 단지 그날의 재수가 없어서 자기 존재가 그렇게 파멸할 수 있다는 것이다.

세상이란 것은, 수많은 인간이 서로 관계를 유지하고 있는 것이다. 그런데 그 관계가 지금처럼 인간적 가치가 바닥에 나뒹구는 상황에선 어느날 갑자기 자신의 아무 잘못도 없이 파멸하는 경우가 빈번해지고 있는 것은 심각한 문제가 아닐 수 없다.

며칠 전 나는 학교에서 너무 황당한 일을 당한 적이 있었다. 평소 수업 태도가 좋지 않는 아이를 나무라고 수업을 계속하고 있는데 갑자기 그 아이는 지금까지 가지고 있던 선생님에 대한 예의를 포기한 채 괴성을 지르며 교실을 박차고 나가버렸다. 나는 그 갑작스런 돌발 상황에 너무 어이없어 하고 있었다. 십 년이 넘는 교사 생활에 그런 일을 일찍이 겪어보지 못했기 때문이었다. 갈수록 자기 절제력을 상실한 아이들이 많아지고 있다. 교사에게 벌을 받던 학생이 칼이나 총을 들고 대들지 않는다는 보장이 없다. 제 부모도 죽이는 마당에 선생이라고 별 수 있겠는가마는 그것은 단순히 교육의 문제만은 아니다. 앞으로의 사회는 스스로 통제력을 잃어버린 인간에 의하여 세상이 망할지도 모른다.

우리는 지금껏 그런 것에 너무 소홀한 느낌이 있었다. 단순히 세상이 메말랐다고 아쉬워하는 정도였다. 그러나 이제 곧 그 직접적인 피해양상이 엄청난 사회 문제로 나타나고 있다. 지금 아이들의 성격을 보면 참을성이나 남을 배려하는 마음을 보면 그 문제의 심각성을 느낄 수 있다. 그런데 더욱 심각한 것은 바로 그것에 대한 문제 의식이 없다는 것이다. 오늘날 교육은 컴퓨터니 인터넷이니 하며 새로운 기계 문명에 빠져들어 정작 중요한 인간 관계는 점점 뒷전으로 밀려나고 있다는 것은 미래를 매우 어둡게 하고 있다.

가정에서부터 사회에 이르기까지 인간관계가 허물어지면서 곳곳에 흉기와 같은 인간지뢰들이 속속히 매설되고 있는 이런 상황에서 학교 교육이 해야 할 일은 바로 그런 지뢰를 제거하는 것이 아닐까.

들꽃은 스스로 자란다.

얼마앞서 초등학교에서 스무 해가 넘게 아이들을 가르치고 있는 정 선생님과 술자리를 같이 한 적이 있었다. 그날의 화제는 초등학교의 숙제에 관한 것이었다.

정 선생님은 초등학교 시절에 숙제를 너무 잘해와서 십수 년이 지난 지금까지도 또렷이 기억하고 있다는 한 제자에 대해 이야기했다. 그때 그 학생은 단 하루도 빠짐없이 아주 모범적인 일기를 써왔다. 지금은 모 여고에서 교편을 잡고 있는 그 제자를 며칠 앞서 만났는데 초등학교 졸업 뒤에 일기를 단 한 줄도 쓰지 못했다며 미안해 했다는 것이다. 정 선생님은 제자에게 그 말을 들으면서 오히려 자신이 부끄러워 견딜 수 없었다 했다.

물론 요즈음의 정 선생님은 옛날처럼 그렇게 숙제를 내지도 강요하지도 않는다. 그래서 되려 다른 선생님들로부터 '당신만 앞서가는 교사냐'는 따가운 눈총을 받는다고 했다.

어쩌튼 요즈음 초등학교의 숙제가 해도 너무하다 싶을 정도다.

그날 우리의 결론은 결국 초등학교에서 일기, 독후감, 관찰일기 등을 너무 무리하게 강요하다보니 일기의 참다운 의미나 책을 많이 읽는다거나 사물에 관심을 갖기보다는 그저 선생님에게 보이기 위한 숙제를 하는 나머지 결국엔 일기나 독서나 관찰에 질려버린다는 것이었다.

나는 요즈음 초등학교 저학년인 딸애를 보면 안타깝기 그지없다. 거의 매일이다시피 일기와 독후감, 관찰일기에 매달려 밤늦도록 끙끙대고 있는 것이다. 하루는 애 어머니까지 달려들어 씨름을 하는 것을 보고 너무 화가 나서 숙제를 하지 말라고 공책을 빼앗아 버렸다. 이건 교육이 아니라 아이를 잡는 것이 아닌가. 내가 보기엔 우리 애는 책읽기도 좋아하고 글쓰는 재주도 왠만큼 있어 보인다. 하지만 그놈의 숙제가 그런 식으로 아이를 압박한다면 앞으로 책읽는 것이나 글을 쓰는 일에 그 어떤 부담을 느낄 것이며 나아가서는 정 선생님의 제자처럼 그쪽에 담을 쌓아버릴 가능성이 짙어 여간 걱정스럽지가 않다. 주객이 뒤바뀌어도 한참이나 바뀌었다.

어떻게 초등학교 저학년 아이가 하루도 빠짐없이 일기장 한 장을 꽉 채울 수가 있으며, 독후감 역시도 책을 읽는 즐거움을 심어줘야지 그 독후감에 매달리게 하는가. 게다가 더욱 한심한 것은 숙제를 해가면 그 아이의 수준에서 그 내용의 방향을 잡아줘야지 띄어쓰기 맞춤법의 완벽성을 강요하고 있다. 우리 글의 띄어쓰기 및 맞춤법은 매우 어려워서 대학의 전공자도 잘 모른다. 아무런 원리도 모른 채 아이들을 글쓰는 기계로 만들려 하는 것은 차라리 교육을 하지 않으니보다 못하는 결과를 가져온다.

'들꽃은 스스로 자란다' 는 유명한 거창 샛별 초등학교 교훈처럼 아이들은 실제 학교에서 가르치지 않아도 많은 부분을 저절로 배우며 터득한다. 가르친다는 것은, 더구나 학교에서 교육이란 어떤 고정된 틀 속에 맞추려하지 말고 개개인의 잠재력 개발과 그 가능성을 찾아 키워 주는 것이 중요하다. 어린시절에는 보다 자유롭게 뛰어 놀며, 사물을 관찰하고 상상하고 그 정서적 토대를 만들어가게 해야 한다. 그렇게 하려면 우선 숙제를 아예 없애든지 그들이 할 수 있는 만큼 방법이 개선되어야 한다.

제발 아이들로 하여금 그 숙제에 질리게 하지 말아야 한다. 학교에서 모든 것을 다 가르칠 수 있다는 것은 하나의 환상이요 과욕에 불과하다는 사실을 알아야 한다.

뻐꾸기는 둥지를 틀지 않는다

봄이 저 만큼 물러서면 어김없이 온 산천을 지배하는 것은 뻐꾸기 소리다. 그 소리는 철이 바뀌고 있다는 것을 알려 주기도 하지만 나이가 지긋한 사람에게는 아득한 향수를 불러 일으키기도 한다.

하지만 뻐꾸기 소리는 뻐꾸기 나름의 삶의 한 방식이다. 곧 뻐꾸기의 탁란(托卵) 습성이다. 뻐꾸기는 결코 둥지를 틀지 않는다. 남의 둥지에 알을 낳고는 때를 기다린다. 뻐꾸기 알은 다른 알보다 일찍 부화한다. 일찍 부화한 알은 본능적으로 다른 알을 둥지 밖으로 밀어낸다. 그것도 모르는 둥지의 주인 새는 제 새긴 줄 알고 열심히 먹이를 물어다 준다. 심지어는 제 몸보다 더 큰 뻐꾸기 새끼에 먹이를 물어다 준다. 그때부터 어미 뻐꾸기는 근처를 배회하며 울어댄다. 자신이 진짜 어미임을 확인시키는 것이다. 아니나 다를까 얼마 가지 않아 새끼 뻐꾸기는 키운 어미를 버리고 본 어미에게로 날아가 버린다.

뻐꾸기의 그러한 탁란 습성을 보노라면 자연의 신비함에 감탄하지 않을 수 없다. 어찌보면 모든 자연 생물이란 제각기 뛰어난 생존방식을 가지고 있다. 하기사 아무리 하찮은 미물이라도 수억 년 동안 대를 이어오지 않았는가. 인간 역시 근세기 전까지는 그 자연의 순리에 잘 어울려 적응해왔다. 하지만 근세기 들어 과학 문명의 눈부신 발달은 그 어울림의 틀을 파괴하기 시작했다. 그 결과 지금에 와서 인간의 생명까지 위협받는 지경까지 내몰리고 있는 것이다.

요즈음 다이옥신 파동이 나라 안팎을 뒤흔들고 있다. 사실 그러한 파동은 새삼스러울 것도 없다. 이미 몇 해 전에 한바탕 법썩을 떨었던 프랑스의 닭고기 문제, 영국의 광우병 소동은 모두 그 원인이 사료에 있었다. 가만히 따지고 보면 외국산 돼지고기나 닭고기만 문제가 되는 것이 아니라 우리 나라에서 생산되는 축산물도 안심할 수가 없다. 우리가 쓰는 사료 역시 거의 수입에 의존하고 있기 때문이다.

신은 자연을 만들었고, 인간은 도시(문명)를 만들었다는 말이 있다. 자연을 거스리면 반드시 그 대가를 치뤄야 한다. 인간의 생명이란 것도 자연의 생명 속에 한 부분이요, 그 속에 같이 어우러져 살아야 한다는 것이 자연의 법칙이요, 순리인 것이다. 그것은 바로 동양의 정서요, 사상이며, 우리 교육의 중심이기도 하다.

그런데 언제부턴가 우리의 교육에서 그 중심이 바뀌어 버렸다. 서구문명을 맹목적으로 쫓다보니 교육도 서구적이다. 우리 교육에서 사람이 없다. 사람이 없다는 것은 생명이 없다는 것이고, 생명이 없다는 것은 곧 자연이 귀한 줄 모른다는 것이다. 아이들은 어른을 공경할 줄 모르고, 이웃이나 남에 대한 배려도 없다. 오로지 자신만을 생각하는 극단의 이기주의가 팽배하다. 교육이라는 것은 인격의 진보가 아니라 기능의 극대화를 의미한다. 거기다가 최근에는 이른바 신자유주의라는 시장주의 원칙을 교육에 도입해서 교육 현장은 더욱 삭막해졌다. 자연의 순리를 거스르는, 생명이 없는 교육은 결국 인간을 파멸로 몰고갈 것이다.

우리는 다시 인간의 문제로 돌아와야 한다. 경제든 교육이든 인간이 그 중심에 있어야 한다. 왜냐하면 인간이 공들이고 만들어가는 모든 것의 근본 목표가 인간을 위한다는 데 있기 때문이다.

아이들은 국화빵이 아니다

아이들아, 이젠 책을 불살라 버려라!

그 꼴짜기와 사막을, 해안을, 그리고 지구의 가장 깊숙한 곳을 탐색하라!

'우리들 가운데 교육에 미친 사람들은 아이들이 자기 스스로 배우면 더 잘 알 수 있는데. 일부러 그들을 가르쳐 주려고 한다'는 견해는 루소가 이미 간파한 말이다.

(교실의 위기)라는 책에서 '찰스 E 실버먼'이 지적한 바와 같이 오늘날에 와서 형식적 교육 또는 제도교육에 여러 가지 문제점이 노출되고 있다. 그 문제점의 근원은 무한한 가능성의 아이들을 그 어떤 고정된 틀을 가지고 교육하려 한다는 것이다. 마치 국화빵을 찍어내듯이 아이들을 가르치려는 것은 참으로 위험천만이다. 따라서 학교가 만능이라고 생각하는 사고 역시 대단히 위험하다. 교육에 조금이라도 식견이 있는 사람이라면 우리의 교육을 양계장

의 닭으로 비유한다. 거기서 대량 생산되는 달걀은 유정란이 아니라 무정란이다. '열린 교육'이란 무엇인가. 바로 그러한 틀(고정된 형식, 고정된 제도)이 갖는 문제의식에서 출발하는 것이 아닌가. 인간은 더구나 자라는 아이들은 결코 국화빵과 같을 수 없으며, 양계장 속의 닭과도 같을 수 없는 것이다.

지금의 시대는 새로운 사고를 요구한다. 마침 정권이 바뀌고 장관도 바뀌고 교육에도 변화의 바람이 불고 있다. 그러나 아직 교육계 일각에서는 낡은 사고의 틀을 고집하는 부류도 있음이 사실이다. 그러나 무엇보다 학부모의 사고가 바뀌어야 한다.

아이들이 집에 일찍 오는 것에 불안을 느끼는 사람들이 많다. 그것은 고등학생이라면 당연히 밤늦도록 학업에 매달려야 하고, 또 막상 집에 일찍 온 아이들에게 무엇을 어떻게 해야할 지 막막함에 있을 것이다. 생각해 보라. 그것이 어떻게 정상이라고 할 것인가. 가정이란 무엇인가. 고등학생이란 어떻게 공부만 해야 하는가. 이웃집 아이도 봐 줄 수 있고, 동네 골목을 쓸 수도 있으며, 아버지 직장에 일하는 모습을 견학할 수도 있으며, 어머니와 시장을 같이 보러 갈 수도 있으며, 때로는 부모님의 일을 도울 수도 있으며, 자신의 적성과 취미를 살리는 활동이나 사회 활동에도 참여할 수 있는 것이 아닌가. 그래서 최소한 저녁 식사만은 온 가족이 함께 모여 오손도손 정을 나누고, 식후에는 노래도 부르고 놀이도 할 수 있어야 인간이 사는 모습이 아닌가.

이러한 변화는 당연한 것이고, 지극히 자연스러운 변화인 것이다. 우리의 교육은 여태 이것을 못해왔다. 오늘날 젊은 세대들이 버릇없다고 나무랄 일만이 아니지 않는가. 모두가 변해야 한다. 인간이 안 되면 모든 것은 헛것이다.

교편(敎鞭)

　시내 모 여고에 교사의 체벌로 학부모가 교사의 뺨을 때리는 등 난동을 부린 사건이 있던 날, 다른 도시에서는 여자 중학생 세 명이 아파트에서 뛰어내려 동반 자살을 했다.

　공교롭게도 그 전날 필자도 학교에서 과제를 해오지 않은 학생들에게 벌을 세웠다. 벌을 받는 학생들이 너무 장난스럽게 굴어 하는수 없이 손바닥에 매질을 했다. 가급적 아이들에게 체벌을 하지는 않는 것을 원칙으로 삼는 필자로서도 효과적 교육을 위해서는 매를 들 수밖에 없었다. 물론 매를 들지 않고 말로써 효과적인 교육을 할 수는 있다. 하지만 경우에 따라선 말로 교육하는데 한계가 있다. 대개는 피교육자가 많거나 태도에 문제가 있을 때 한계가 있다. 그럴 때 필자는 그 기준을 사랑에 둔다. 곧 내 자식이라면 이 경우에 어떻게 할 것인가. 그렇담 답은 분명해진다. 교사가 사랑을 가지고 자식에게 대하듯이 하면 설사 체벌이 좀 지나치더라도 문제될 것은 없다. 오히려 무관심이 더 큰 문제가 되는 것이다. 그것은 교사로서 사명에 충실하지 못하는 것이 아닌가.

아니래도 사회에선 청소년의 문제가 심각하다고 모두 걱정한다. 그 심각성의 바탕에는 이른바 '온냐, 온냐' 식으로 너무 버릇 없이 키웠기 때문이라고 진단하고 있다. 과거에는 가정에서 그리 엄하게 교육하지 않더라도 버릇이 없으면 동네 어른들이라도 견제를 했다. 하지만 지금의 우리 사회에선 그 누구도 잘못한 아이들을 나무라지 않는다. 이제는 학교가 유일한 곳이다. 엄한 아버지가 사라져 버렸고, 사회적 통제 기능도 상실된 지금에 와서 학교는 그 모든 것을 떠맡다시피 하고 있다. 그렇담 학교마저도 '온냐, 온냐'로 나간다면 도대체 그들을 누가 통제할 것인가.

대개의 부모들은 누가 뭐래도 내 자식만은 아무런 문제가 없다고 생각한다. 사랑을 하면 눈이 먼다고 했는데 부모들은 자식에게 객관적인 판단을 하지 못한다. 학교생활에서 문제가 많은 아이들의 집에 전화를 하면 거의 모든 부모들은 자식의 문제성을 인정하지 않으려 한다. 만약 구체적인 사실을 제시하면 친구 때문이라고 한다. 청소년 문제가 보편화된 오늘날 자식에 대해선 그 누구도 장담할 수 없다.

교육이라는 것은 지식만 가르치는 것이 아니라, 사람을 다듬기도 하는 것이다. 인간이란 다듬지 않으면 거칠어진다. 옛말에도 배운다는 것(學)은 마치 작은 배가 물살을 거슬러 올라가는 것이라고 했다. 가만히 놔두면 배는 아래로 아래로 떠밀려 간다. 기성세대들이 귀엽다고 '온냐, 온냐' 하는 사이 아이들은 인간의 도리를 체득하지 못하고 망나니처럼 변해가는 것이다.

정부 통계에 의하면 해마다 200명에 가까운 청소년들이 자살을 한다고 한다. 이것은 정말 엄청난 숫자가 아닐 수 없다. 어떻게 보면 이것보다 더 심각한 사회문제가 있을까 한다. 그들이 자살하는 이유는 모두 하잘것 없는 것이었다. 어떤 문제에 대해 깊게 생각하려 하지 않는 존재의 가벼움, 순간적이고 충동적이고, 조그마한 어려움에도 참지 못한다. 그런 아이들에게 다음의 우리 사회를 맡긴다는 것은 얼마나 염려스러운지 모른다. 또한 벌이라는 것도 무조건 나쁜 점만 있는 것이 아니라 집단의 연대의식이나 책임의식, 또는 참을성을 키우는 장점도 있다.

그런 의미에서 '벌'이라는 것을 무조건 나쁘게만 볼 일이 아니다. 옛날 서당에선 회초리가 상징이었다. 교직을 교편(敎鞭)잡다고 하는데 그 말은 곧 회초리를 잡는다는 말이 아닌가. 인간에게 더구나 배우는 과정의 인간에게 그저 그들이 원하는 대로 그들의 입맛에 맞추어 준다면 미래는 실로 암담할 수밖에 없다. 고생을 모르는 그들에게 오히려 종아리에 멍이들고 피가나는 고통을 알게 하고, 참을 수 있게 하며, 그러면서 고통과 연대의식과 책임의식을 키워가야 한다.

부모는 가위눌림

어제는 밤새도록 장마비가 내렸다. 어디선가 아이를 잃은 어머니의 한맺힌 통곡소리가 들려온다.

이건 꿈일꺼야. 절대 현실일순 없어. 세상에 이렇듯 끔찍한 일은 일어날 수가 없어. 이건 분명 꿈이야. 악몽을 꾸고 있는 거야. 내일 아침이면 까마득히 잊어버릴 수 있는 악몽일꺼야...

우리는 때때로 땀을 뻘뻘 흘리며 끔찍한 악몽 속에서 그런 가위눌림을 당한다. 정말 꿈이었다면 얼마나 좋을까. 그런 가위눌림을 백번이고 만번이고 당해도 좋으련만, 불행하게도 그건 꿈이 아니라 현실이다. 텔레비젼이고 신문이고 온통 야단법석인 걸 보면 현실인 것은 분명하다.

부모가 죽으면 산에 묻고, 자식이 죽으면 가슴에 묻는다고 했던가. 나는 어린 시절 비오는 날이면 어김없이 들려오는 뒷집 친구 어머니의 통곡소리를 들었다. 뒷집 친구는 무슨 병인지는 모르지만 가난 탓으로 병원에 한 번 못 가보고 죽었다. 그것이 한이 되어

선지 뒷집 어머니는 날만 궂으면 죽은 아들 이름을 부르며 통곡했다. 그때는 가난이 죄였지만 지금의 이 죽음들은 무엇 때문인가.

도대체 어디서부터 잘못되었을까. 아이들 하나 마음 놓고 키울 수 없는 나라, 아이를 가진 부모들은 너나 없이 아이가 집밖에만 나가도 불안하다. 매일 문밖을 나서는 아이에게 차 조심, 사람 조심을 당부해야 한다. 아니나다를까, 골목길을 쌩쌩 달리는 자동차를 보면 모두가 잠재적 흉악범 같은 느낌이 든다. 하루 30명이 넘는 교통사고 사망 숫자는 지구상의 어느 나라와도 비교가 되지 않을 정도다. 게다가 잠잠하다 싶으면 터지는 끔찍한 대형 사고...

이번 씨 랜드 화재 사건은 해당 부모도 부모지만 아이를 가진 부모라면 생각하기도 싫은 끔찍한 악몽이다. 그러나 냉정을 찾아 곰곰히 생각해보면 누구누구를 탓하기 전에 우리 사회 전체가 얼마나 삐뚫어져 있는가를 알 수 있다. 경제성만 앞세우는 건축풍토는 온갖 불법이 판을 친다. 무엇보다 사설 유치원이 경쟁하듯 아이들을 수련이니 캠핑이니 하면서 업자들 상술과 함께 놀아난다는 것, 그리고 제 몸조차 가누지 못하는 아이들에게 수련활동을 한다는 것이 이해되기 어렵다. 가까운 일본만 하더라도 거의 완벽한 시설을 갖추고서도 유치원 아이들에게 일박하는 수련 활동은 절대로 금지되어 있다. 미국의 경우도 아이들을 2, 3층에 집단적으로 잠을 재운다는 것은 상상할 수 없다고 한다.

우리는 그런 부분에 전혀 문제 의식이 없다. 아이들 교육에 있어서 돈이 개입되어 있기 때문이다. 한마디로 말하면, 장사와 관련된 교육이 어떻게 바람직할 수가 있는가. 이번 사건 역시 그런 업자들이 경쟁적으로 아이들을 끌어들임으로써 파생했다고 할 수 있다. 유치원생을 꼭히 수련활동 하려면 보호자와 교사가 24시간 아이들과 함께 있어야 한다. 그렇게 하라면 아마 아무도 나서지 않을 것이다. 왜냐 돈이 많이 드니까. 아이들을 집단적으로 데리고 가서 집단적으로 프로그램을 행하고 집단적으로 잠을 재우는 그런 교육활동을 누가 못하겠는가. 게다가 그것이 돈이 된다면 어느 누가 마다하겠는가.

그리고 유치원 교육을 국가가 아닌 사설 기관에 맡긴다는 것도 이해할 수 없다. 교육은 어릴수록 중요하다. 그토록 중요한 유치원 교육을 하루 빨리 공교육해야 하고, 교육의 현장에 더러운 상업주의를 몰아내야 한다. 그렇지 않는 한 이런 사고는 계속 일어날 것이다.

민족 교육은 없다

"손자 손녀들에게 들려 주실 우리 전래 동요가 있습니까?"

마이크 앞에 선 노인들은 모두 고개를 가로 저었다. 얼마 앞서 방영된 한 텔레비전 프로그램은 우리 문화의 현주소를 단적으로 보여 주기에 충분했다. 어째서 우리의 어른들은 우리의 노래를 잊어버렸을까. 잊어버린 것이 어찌 노래뿐일까. 70년대까지만 해도 흔하게 볼 수 있었던 두루막에 갓쓴 노인이 우리 시야에 사라진 지 오래됐다. 이제는 의식주(衣食住) 모든 분야에서 우리 것을 찾으려면 민속촌에 가야 한다.

일본 문화의 전면 개방에 대해서 찬반 양론이 분분하다. 여기서 기성 세대들은 새로운 세대들에게 왜 우리 문화를 지켜야 하는지 우리 문화가 왜 소중한지 설명할 수가 없다. 왜냐하면 우리가 지키고 있는 우리 문화라는 것이 모두 박물관이나 민속촌에 있지 우리 생활 가까이에 없기 때문이다.

일반적으로 노인들은 젊은층보다 훨씬 보수적이다. 그런데 우리의 노인에게서 우리의 전통을 찾을 수 없는 현실을 어떻게 이해해야 하나. 우리 민족은 어느 민족보다 민족성이 강하다고 자부한다. 하지만 그것은 관념일 뿐이다. 마치 소리만 요란한 빈깡통과 같다. 그 민족의 정서가 가장 잘 담겨 있는 전래 동요 하나 들려주지 못하는 판국에 우리는 무얼 가지고 우리 민족성을 이야기 할 것인가. 민족을 사랑한다면 도대체 무엇을 사랑하는 것인지 그 내용이 없다.

그러면서 거의 맹목적으로 일본 문화 개방에 대해 반대의 목소리를 높인다. 문화란 어차피 긍정적이든 부정적이든 서로 영향을 받기 마련이다. 개방을 반대하는 가장 큰 이유는 우리 문화를 지키기 위함인데 아니러니하게도 우리 문화는 박물관에 영구 보존돼 있다. 정말로 염려스러운 것은 보호할 전통이 없어서가 아니라 우리가 아끼고 사랑하는 것이 무엇인지 그것을 모른다는 데 있다. 이런 상황에서 우리 문화와 가장 유사한 일본의 대중 문화가 밀려 들어오면 그대로 그 문화에 동화되리라는 것은 불을 보듯 뻔한 것이다.

다른 문화가 자기 문화에 긍정적으로 영향을 끼치려면 우선 자기 문화에 대한 올바른 인식이 있어야 하고 그러한 인식이 있다면 그것을 아끼고 사랑하는 것은 당연히 일어나게 마련이며, 다른 문화를 비판적으로 수용할 수도 있다. 그렇다면 일본 문화가 아니라 그 어떤 문화의 유입에도 걱정할 이유가 없는 것이다.

다행히 요즈음 의식이 있는 젊은층에서 우리의 것을 소중히 생각하고 그것을 되살리려는 구체적 운동이 일어나고 있는 것이다. 지난 수십 년 동안 우리 스스로가 팽개쳐 버렸던 우리 것의 참 가치를 일깨우는 것이다. 우리 노래는 물론이고, 우리의 말, 놀이, 우리의 옷, 음식, 생활 습관 전반에 걸쳐 '역시 우리 것이 최고야' 하는 인식의 확장이야말로 진정한 자아인식이며, 민족인식이며, 또한 그것이 바로 우리의 참다운 삶의 질을 고양시키는 가장 근본적인 요인이 아닐 수 없는 것이다.

그 시작은 가정 교육에서부터 일어나야 한다. 이미 모든 면에서 서양 문화에 물이 든 아이들에게 먹거리 하나, 옷가지 하나, 노래 하나, 말씨 하나, 인사와 같은 행동 하나에서부터 우선 우리 것을 느끼게 해 줘야 한다. 이것이야말로 교육의 근본인 것이다.

노고지리와 鄕愁

    시낭송회에 참석했다가 50대 여선생님 네 분을 만났다. 쉰이 넘은 나이에 시낭송회를 찾는다는 것은 여간한 문학 애호가가 아니고서는 어려운 일이다. 세 분은 국어 선생님이었고, 한 분은 사회 선생님이었다. 그런데 두 분은 이미 명예 퇴직을 했다고 했는데 그 퇴직의 이유가 눈물겨웠다. 문학을 가르치면서 아이들과의 정서적 거리가 너무 멀어서 더 이상 학교에 있을 수가 없었다. 도대체가 문학작품 속에 나타난 그 풍부한 정서와 그에 의한 감동을 말해도 아이들의 반응이 너무 무덤덤했으며, 오히려 그런 선생님을 이상하게 보기까지 한다며 눈물까지 흘렸다.

    나는 충분히 공감했다. 나 역시 아이들에게 문학을 가르치면서 불과 몇 년만에 변해버린 그들과의 정서적 거리감을 실감하고 있다. 그들은 더 이상 문학 작품에 감동하지 않는다. 문학이란 단순한 시험의 도구에 불과하다. 교사만 괜히 감정을 잡는 꼴이다. 정지용의 '향수(鄕愁)'를 가르치려면 우선 '향수'라는 것이 어떤 것이냐의 개념을 정의해야 한다. 지금의 아이들은 향수가 뭔지도 모른다. 심지어는 '노고지리'가 '장난감' 인지 '새' 인지도 모른다. 현대의 기계 문명과 콘크리로 도배된 도시에 살면서 그들은 그야말로 사계절의 변화도 느끼지 못하는 '철모르는' 아이들로 변해 버렸다. 비단 문학뿐이 아니다. 그들의 문화는 그 문화를 전수하는 기성들과는 너무 판이하다. 물론 아이들의 문화가 어른과 똑같다는 것은 바람직하지 못하며 같을 수도 없다. 하지만 지금의 아이들 문화는 앞서 말한 바와 같이 문화의 바탕이 되는 정서가 메말라 버렸고, 어른의 문화와 판이하다는 것 또한 너무 부정적으로 바뀌가기 때문이다.

물론 그 잘못은 어른에게 있다. 우선 텔레비젼이 청소년의 문화를 좋은 쪽으로 이끌지 못하고, 오히려 상업을 위해서 그들과 야합하기 때문에 그들 취향에 초점이 맞춰져 있다. 가요를 보면 중년 이상의 어른들이 볼 프로가 거의 없다. 그렇다보니 어른들이 오히려 그들의 문화에 이끌려 간다. 그들의 문화와 야합하지 못한 어른들은 자연 시대의 낙오자가 되는 것이다. 그 현상을 최일선에서 부대끼는 것이 바로 선생님들이다. 하지만 전국의 모든 교사와 부모들이 힘을 합쳐도 텔레비젼의 막강한 힘에 대적할 수는 없다.

오늘날 일어나는 각종 청소년 문제들의 근원은 거기에 있다. 교실 붕괴니, 학교 붕괴니 하는 것도 따지고보면 그러한 그릇된 문화 탓이다. 과거에 아이들은 빨리 어른이 되고 싶었고, 어른의 문화를 흉내내고자 했다. 하지만 오늘날 그 현상은 역전되었다. 사회가 거꾸로 가는 것이다. 그렇다면 인류가 쌓아온 문화의 발전이란 아무 의미가 없는 것이다. 자라나는 세대들은 기성의 문화에 그들의 창의성을 보태어 보다 발전적 문화로 나아가야 마땅하지 않는가.

문학을 너무 사랑한 나머지, 너무 정서적이서 아이들로부터 거꾸로 따돌림 당하는 선생님들이 학교를 떠나는 이 비정한 지금의 우리 풍토를 무어라 해야 하는가. 도대체 인간적 냄새와 감정이 메말라 버리고, 사고(思考)의 여유도 없는 단말적인 비명과도 같은 그들의 노래를 신세대라며 거기에 야합하지 못하면 살아남지 못하는 서글픈 이 세대의 어른들은 무엇을 해야 하는가. 그들의 장단에 언제까지 억지 춤을 춰야 하는가. 종국에는 기성의 모든 문화가 부정되고 말 것이 아닌가.

교사들의 족쇄를 풀어라

 시민 단체가 주도하고 있는 '낙천, 낙선' 운동이 우리 사회에 신선한 바람을 불러일으키고 있다. 정치를 정치인에게만 맡긴 결과 정치는 온갖 비리와 무능으로 그 한계에 다다르고 말았다. 그것은 단순히 정치인들의 잘못에만 기인하는 것은 아니다. 비리와 무능은 과거에도 더하면 더했지 모자라지는 않았을 터이다. 다양한 사회로의 발전과 시민의식의 성장 때문일 것이다. 다시 말하면 시민들의 정치의식은 높아진 반면 정치는 제자리 또는 퇴보하고 있음으로 그것을 보고만 있을 수는 없는 상황인 것이다. 그 단적인 보기가 텔레비젼 토론에 나왔던 모 당의 대변인은 수준 이하의 토론 내용으로 코메디 대상이 되고 말았다. 명색이 국정의 한 축을 담당한다는 공당의 대변인(대변인은 그 당에서 가장 논리 정연하게 말을 잘 한다는 사람이다)이 이제 높아진 시민의 수준으로 볼 때는 우스겟거리에 지나지 않게 되었다.
 대개의 정치인들은 이른바 '꾼'으로서 전문 지식이 부족하다.

다시 말하면 다양화된 사회에서는 지도자로서, 대표로서 자격이 미미해질 수밖에 없다. 그럼에도 그들은 자신들의 기득권을 지키기 위해서 그러한 변화의 물결을 거부하고 있다. 그래서 사회의 법과 제도는 유능하고 전문적인 신진 인사들의 진출을 가로막고 있는 것이다.

바람직한 사회는 유능한 인재들이 사회 곳곳에서 활발하게 활동해야 한다. 국가가 애써 공들여 인재를 키우고서 그 인재를 활용하지 않는다면 국가적 손해다. 그 대표적인 보기가 교사 집단이다. 모든 교사 가운데는 사회의 각 방면에 훌륭한 식견과 능력을 갖추고 있는 사람들이 많다. 하지만 우리 사회는 교사들의 사회 활동이 원천적으로 봉쇄되어 있다. 아마 지구상의 이런 나라는 없을 것이다. 물론 교사는 그 본연의 임무인 교육이 무엇보다 중요하다. 하지만 교육이란 것이 꼭히 학교라는 닫친 공간 속에서 아이들만 가르치는 게 교육이 아니다. 이웃집 아이들을 가르칠 수도 있고, 동네 주부들을 가르칠 수도 있고, 나아가 자신의 전문 지식을 활용해 환경 운동을 할 수도 있고, 때로는 정치에 관여해 일정 부분 그 역할을 할 수도 있을 것이다. 도대체 그런 일을 못하게 막는 이유를 이해할 수 없다. 더구나 자유주의 국가에서 능력이 된다면 얼마든지 능력을 발휘하도록 해야지 않는가. 그것은 대학의 교수와 형평성의 문제도 있다. 대학 교수는 사회 활동을 장려하면서 교사는 못하게 하는 것도 이치에 맞지 않다. 얼마전 유럽의 어느 모범적인 도시를 소개한 텔레비젼 프로그램을 본 적이 있다. 그 도시의 의회 의장은 초등학교 여자 교사였다. 그 교사는 두 역할을 아주 잘 해내고 있었다.

우리 나라 지방 의원의 팔구십 퍼센트가 사업을 하는 사람이라 한다. 지방 의회에 인재가 없다고 한숨을 내쉴 일이 아니다. 우리 나라 어느 오지에 가더라도 교사는 있다. 왜 그들을 활용하지 않는가. 유능한 인재를 하나 양성하려면 엄청난 시간과 돈이 들어간다. 전국에 30만 명이 넘는 이런 고급 인력을 학교의 담장 안에 가두는 것은 국가적 낭비가 아닐 수 없다. 교사들로 하여금 자기 능력껏 사회가 필요로 하는 일을 하게 해야 한다. 그것이 곧 지금의 다양성과 전문성의 사회에 효과적으로 대처하는 일일 것이다. 아직도 수십 년 전 제도와 법으로 수십만 명의 고급 인력을 묶어 두는 것은 당연히 고쳐져야 할 것이다.

髀肉之嘆

'비육지탄'이란 말은 전쟁을 하던 장수들이 전장에 나가지 못해 말을 타던 허벅지에 붙은 살을 보면서 그 뜻을 펴지 못함을 탄식한다는 뜻이다. 말안장 위에서 잔뼈가 굵은 장수들은 평화시절이 되어도 그 습관을 쉽게 버리지 못한다. 아무리 좋은 명분과 뜻을 가지고 전쟁을 했다 해도 전쟁의 방법은 결코 좋은 것이 아니다.

요즈음의 전교조를 보면 '비육지탄'이라는 말이 자꾸만 겹쳐진다. 과거 교육민주화와 전교조 합법화를 위한 치열한 투쟁을 한 결과 어느 정도 교육민주화도 이뤄냈고, 또한 꿈에도 그리던 합법화도 되었다. 일종의 평화시절이 도래한 것이다.

교사로서 스스로 노동자를 자처한다거나, 투사가 된다는 것은 자기 희생을 전제로 하는 실로 눈물겨운 결단이라고 할 수 있다. 그래서 일반 국민들은 대체로 비록 그 방법이 다소 거칠어도 전교조를 지지 또는 인정하는 정서였다.

그런데 합법화 시절이 도래했건만 전교조의 운동 방법은 여전히 전투적이다. 전투라는 것은 상대(적)를 죽이지 않으면 내가 죽는 것이다. 곧 상대를 완전히 굴복시켜야 하는 것이다. 전쟁이란 어쩔 수 없이 선택하게 되는 특별한 경우이지 일반적 현상은 아니다. 더구나 교육의 장에서 '전투'는 지극히 제한되어야 한다. 합리적으로 설득을 하고, 경우에 따라서는 타협도 하고 물러설 줄도 알아야 한다. 마치 전장의 전사들처럼 상대가 죽지 않으면 자신들이 죽는 것처럼 결판을 보려 한다면 설령 그것을 성취했다더라도 상처가 더 크게 남는 것이다.

과거 비합법 시절은 당국이나 전교조 모두 정상이 아니었다. 투사가 결코 교사의 참모습은 아니지 않는가. 이제는 교사 그 본래의 모습으로 돌아와 과거 치열했던 눈물겨운 투쟁의 열기를 새로운 교육으로 승화시켜야 한다. 운동 방향을 각종 교과별, 관심 영역별, 특기별 모임으로 변환해서 민족, 민주, 인간화 교육의 다양한 방법들과 실천 사례를 만들어가야만 지난 시절의 투쟁도 진정한 빛을 발할 수 있을 것이다.

운동이라는 것은 휴머니즘이 바탕이 되지 않을 때 그것은 곧 폭력이 되고만다는 사실을 자각해야 한다. 지금의 학교 현장에서 교사 상호간, 또는 교장을 비롯한 관리자와, 늙은 교사와 젊은 교사 사이에 알게 모르게 무너지는 인간적 신뢰감을 결코 간과해서는 안된다.

사회 전체로 보면 전교조는 우리 사회 진보 세력의 상징이라 할 수 있다. 지금의 우리 사회의 혼란과 갈등의 요인 가운데 하나가 바로 그러한 전투적 문제 해결 방식이며, 그 선봉에 전교조가 있어왔던 것이 사실이다. 어떻게 되었건 우리 사회는 지금껏 진보의 방향으로 왔고, 결국 정권까지 잡게 되었다. 하지만 최근 일련의 사안들에서 많은 국민들은 진보 진영에 곱지 않는 시선을 보내고 있다. 거기에는 전교조의 책임도 한 몫을 하고 있다는 사실을 알아야 한다.

　전교조 교사들이 그런 극한적 투쟁만 하기에는 다른 할 일들이 너무 많다. 이 급변하는 시대에 하루가 다르게 가치관이 변하는 저 아이들은 어떻게 할 것인가. 팽배해지는 개인주의, 엷어지는 민족의식, 자유주의에 잠식되어가는 민주주의, 그리고 딱딱하게 말라가는 저 정서는 또 어떻게 할 것인가.

　비육지탄의 탄식이 '칼'로 갈 것이 아니라 '회초리'를 들어야 한다. 교사의 손에는 칼보다 회초리가 어울린다. 그것이 교편(教鞭)이다.

4

不正回歸

사투리

경상도의 국어교사로서 아이들에게 책읽기를 시키노라면 늘 가슴 한 구석이 꽉 메이는 것 같은 답답함을 느낀다. 아이들의 책읽는 발음이 뭔가 마음에 들지 않는다. 그것은 그들의 발음이 경상도 억양이 아니고 그렇다고 표준 말음도 아닌 그야말로 국적없는 발음이다. 하다못해,

야, 야. 경상도 사람이 경상도식으로 읽어야 할 게 아니냐.

그러노라면 아이들이 되묻는다.

선생님, 그렇다면 경상도식으로 읽는 것은 어떻게 읽어야 합니까?

이 지경이 되면 할말이 없어진다. 딱히 경상도식이란 기준이나 방안이 없다. 어떻게 읽는 것이 경상도식으로 읽는 것인지 뚜렷한 방법은 모르지만 그렇다고 아이들의 책읽기는 뭔가 잘못이 있다. 경상도말에 관한 사전은 말할 것도 없고 아주 기초적인 그 어떤 자료도 없다.

교육이 보편화되면서 입말은 글말에 지배를 받게 되고, 또한 사투리는 표준어에 지배를 받는다. 게다가 텔레비젼이 생활에 한 부분을 찾이하면서 저도 모르게 서울말에 젖어들게 된다. 그리하여 사투리는 매우 빠른 속도로 잠식되어가고 머잖아 우리 나라 언어는 서울말 하나만 남게 될 것이다. 뭘 모르는 사람들은 말이 통일되면 좋지않느냐 할지 모르나, 그만큼 문화가 왜소해진다. 생각해보라, 만일 세계가 영어 하나밖에 없다면 얼마나 무미건조한 세상이 되겠으며, 그럴 때 오로지 미국과 영국의 문화만 남고 한국의 고유한 풍속과 멋은 물론이고 각국의 고유한 멋들도 모두 없어지는 것이다.

말이란 그 지역의 독특한 풍토성에 따라 다르게 마련이다. 고개하나 넘으면 말이 다른 것이다. 경상도말 역시 경상도의 고유한 기후, 지리, 여러 환경이 가장 잘 녹아 있는 경상도 문화의 집산체이다. 경상도말 없이 경상도 문화는 존재하지 않는다. 지금과 같은 추세로 가면 곧 우리 나라의 각 지역의 말은 약간의 흔적만 남아 있을 것이고, 지방의 사람들은 서울말을 유창하게 못함으로 여러 가지 불편과 손해를 감수해야 할 것이다.

십수 년 전 부산의 한 할머니가 중국에 있는 딸의 소식을 수십년만에 듣고서 육성으로 안부를 전하는 방송을 들은 적이 있었다. '야, 야. 내대이...'로 시작하던 할머니의 말 속에는 딸에 대한 애

정과 그리움이 물씬 풍겼다. 그것은 부산말 외에 그 어떤 언어로
도 그런 맛을 낼 수 없었다. 이제 그렇듯 구수한 토박이 말을 쓰는
사람은 학교 교육을 받지 않은 할머니 세대들뿐이다. 참으로 안타
까운 사실이다. 만약 판소리를 서울말로 한다면 판소리의 맛이 살
아날 수 없음은 자명하다.

만주가 중국을 힘으로 정복했지만 중국문화에 동화되어 그 말
을 잊어버려 결국 지금에 만주라는 민족과 국가는 흔적없이 사라
지고 말았다. 일제가 왜 그토록 조선어를 말살하려고 했으며, 우
리는 왜 우리말을 지키려했던가를 생각하면 자명하다. 우리말이
라는 것은 우리가 지금 쓰고 있는 말을 의미한다. 서울말이 결코
우리말이 될 수 없다. 서울말은 일본말보다 부산말과 많이 유사할
뿐이지 결코 부산말은 아닌 것이다. 그리고 우리 나라에서는 사투
리 때문에 언어에 혼란이 있는 것도 아니기 때문에 표준어는 단순
한 기준치 그 이상은 아닌 것이다.

외국에는 국어 교과서가 지방마다 다르다고 하는데, 우리도 한
시바삐 각 지역별로 그 지역말 사전이 편찬되어야 하고, 경상도에
선 경상도말로 된 문학 작품과 경상도말 교과서가 만들어져야 한
다. 그것이 경상도의 멋을 지키는 일이요, 경상도 문화를 가꾸는
일이며, 또한 각 지역별로 그렇게 될 때 결국 우리 문화를 살찌우
는 일일 것이다.

不正回歸

임진왜란 전까지 경상도 이북 지방에서는 정거장(停車場)을 '뎡거댱'이라고 발음하였다. 마찬가지로 유명한 송강의 이름은 '정철'이 아니라, '뎡털'이다. 그것이 경상도 사람들의 말씨의 영향을 받아 'ㄷ'이나 'ㅌ' 같은 발음이 지금처럼 변해왔다. 이런 것을 '구개음화'라 한다.

구개음화 현상은 경상도 사람들이 서울로 많이 진출(높은 관직)함에 따라 상대적으로 쉬운 발음을 흉내내고 싶었기 때문이었을 것이다. 처음에는 일부의 사람들만 따라하다가 나중에는 서울 이남의 모든 사람들이 따라하게 되었다.

그러나, 그것이 정도가 심해지자 서울 사람들 가운데서 경상도 말씨에 대한 거부반응이 나타나기도 했다. '질쌈'이라 발음할 때 왠지 경상도 냄새가 나는 것 같아 '길쌈'으로 변했고, '날개짓' 역시 '날개깃'으로 바뀌어졌다. 이것을 이른바 부정회귀(不正回歸)라 한다. 다시 말하면 구개음화는 경상도말에 대한 서울말의 동화

현상이요, 부정회귀는 그 반대인 경상도말에 대한 서울말의 반발 현상인 것이다.

그런데 요즈음은 그 현상들이 역류되고 있다. 서울말에 대한 경상도말의 동화현상이 매우 빠르게 진행되고 있다. 아마 머지않은 장래에 그 구수하다던 경상도말은 이 땅에서 영원히 사라져 버릴 것이다.

얼마 전 교실에서 아이들에게 요즈음 '쌀값'에 대해 이야기를 했다. 아이들이 느닷없이 웃어서 왜그러냐 하니, 선생님 '살값'이 아니라 '쌀값' 입니다고 했다. 나는 잠시 머쓱했다. 야, 임마들아. 살값이라면 살값(米價)으로 알아먹으면 됐지, 그걸 굳이 힘을 줘 '쌀값'이라고 서울식으로 발음할 필요가 있나… 경상도 사람이 경상도식으로 말을 해야지, 우리가 왜 서울말 흉내를 내야하나.

나는 웃는 아이들에게 그런 식으로 나무라기는 했지만 뭔가 씁쓸한 기분을 지울 수는 없었다. 사실 '쌀(米)' 뿐 아니라 대부분의 경상도말이 서울말에 동화되어 버렸다. 흔히들 말에는 정신이 깃들어 있다고 한다. 집단이 쓰는 말 속에는 그 집단의 정신과 문화적 특성이 고스란히 스며 있다. 경상도말이 사라져간다는 것은 경상도 정신, 경상도 문화가 사라져간다는 것과 같다.

뭘 모르는 사람들은 서울말이 경상도말보다는 세련된 것이 사실 아니냐고 할지 모르나, 세련의 경우는 앞의 예를 보더라도 이치에 맞지 않다. 그것은 텔레비젼의 영향이 절대적이다. 그 텔레비젼에 출연하는 우아한 용모와 세련된 차림의 사람들이 쓰는 말씨가 세련되게 보일 따름인 것이다. 실제 서울말의 특징은 경상도 말이나 다른 지방말에 비해 유독 발음이 까다롭다. 이를테면 이중모음이나 받침이 발달해 있다. 그러한 발음들은 우리들의 실생활에서 매우 불편하다. 받침은 말을 거칠게 하고, 이중모음은 힘이 들기도 하지만 '해선, 혜선, 전재, 전제' 등의 경우처럼 소리를 구분하기도 힘들다. 중국이나 일본어에도 없는 받침과 이중모음이 오직 서울말에만 있는 것은 그만큼 보편성에 문제가 있다는 것의 반증이 아닐까.

사실 지금 우리 사회 당면 과제도 많지만 문화의 서울 집중 현상만큼 심각한 것은 없을 것이다. 그것은 오로지 대한민국을 서울 공화국으로 만드는 것이고, 이 나라는 서울사람만 존재하는 나라, 더 극단적으로 말하면 지방 사람들은 서울의 지배를 받는 문화적 식민의 형태가 되어 있다는 것이다.

사라진 모음 '아래아'에 대하여

많은 우리의 말(言)들이 사라졌지만 기록으로나 실제 언어 생활에서 가장 뚜렷하게 사라진 것은 '아래아' 이다. 아래아는 사라진 우리 문자 가운데 유일한 모음이면서 또한 가장 많이 쓰였고, 가장 나중까지 쓰여졌다. 그것을 우리는 편의상 '아래 아' 라 하고 발음도 '아' 로 하지만 가련하게도 명칭도 없거니와 실제 음가(音價)도 아주 불분명하다. 정확히 발음하면 '아' 도 아니요, 그렇다고 '어' 나 '오' 도 더구나 '으' 도 아니다. 왜냐하면 당시 아, 어, 오, 으 라는 모음이 엄연히 실재하고 있었기 때문이다.

그렇다면 아래아의 음가는 무엇일까.

그것은 우리 민족의 습성과 밀접한 관련이 있다. 어떻게 보면 아래아만큼 한국적인 모음은 없을 것이다. 우리의 모음 가운데 아, 어, 오는 음가가 분명하다. 그렇다면 아래아는 아마 그 중간 소리일 것이다. 모든 모음의 중간 소리라는 것은 음가가 불분명한 대신 가장 편하게 낼 수 있는 소리라고 할 수 있다. 말이란 누구나 편하게 하고자 한다. 추운 지방의 사람들은 가능한 입을 많이 벌리지 않으려 한다. 그래서 남한 사람들보다 북한 사람들이 입을 오므리듯 발음을 하는 것은 당연한 일이다.

아래아는 다른 모음에 비해 긴장을 풀고 그냥 자연스럽게 소리를 낸다. 그렇다면 어떻게 해서 가장 편해서 가장 많이 쓰이던 모음이 사라져 버렸을까.

아래아가 본격적으로 사라지기 시작한 것은 임진왜란 뒤부터였다. 전쟁은 사회질서나 인간 관계 등 모든 것을 황폐화시켜 버린다. 그렇기에 언어도 자연스러움을 잃어버리고, 보다 거칠어지는 것이다. 그 전까지 상상할 수 없었던 강하고 악에 받친 소리들이 우리의 부드럽고 편안한 소리들을 파괴시켰다. 따라서 전쟁과 사회 혼란, 그리고 근대로 이행 과정에서 사람들이 그만큼 영악해지면서 상대적으로 순하고 불분명하던 발음의 아래아가 점차 분명한 발음인 다른 모음으로 대치된 것이다.

임진왜란 뒤 우리말의 변화를 보면 아래아 말고도 ㅋ, ㅌ과 같은 격음 종류들이 많이 등장하고, 또한 믈(水), 블(火)과 같은 순한 말들이 '물', '불'과 같이 분명하고 강한 소리로 바뀌어갔다. 그것은 6.25 전쟁 뒤에 '죽인다', '미치겠다' 등의 평상시에는 함부로 쓸 수 없는 험악한 말들이 보편화된 것을 보면 짐작이 가고도 남을 것이다.

우리 민족은 그동안 온화한 기후와 아름다운 산천에 살면서 그 자연 조건에 잘 어울려 예를 숭상하고, 후한 인심과 고운 성정을 지니게 되었고, 말 또한 거기에 걸맞게 부드럽고, 평화스럽고, 곱고 아름다운 말을 쓰고 있었다.

아마 조선 시대 사람들이 지금의 세상에 산다면 다른 무엇보다 지금의 이 거친 말 때문에 하루도 견뎌내기 어려울 것이다. 지금의 우리말은 거칠기도 하거니와 쇳날처럼 신경질적이며, 호전적이고, 마른 막대기처럼 핏기가 없다.

전쟁이 없어도 이렇듯 황폐해 가는 우리말을 어떻게 할 것인가.

한자 혼용 시비

한글 전용이냐, 한자 혼용이냐의 해묵은 논쟁이 다시 일고 있다. 해방이후부터 지금까지 우리 교육의 현장에서는 한글 전용과 한자 혼용이 수없이 왔다갔다 했다. 나는 국민학교 때 한자교육을 받았고, 중학교 땐 한자 교육을 받지 않았으며, 고등학교 때는 괄호 안의 한자가 들어간 교과서를 공부했다. 어떻게 보면 나와 같은 지금의 40대는 그 소용돌이의 한가운데를 지나왔다고 할 수 있을 것이다.

나는 한때 교육현장에서 한글 전용을 적극적으로 지지한 사람이었다. 그때 나는 우리말이 한자 때문에 많은 상처를 입었고, 아름다운 우리 고유의 말이 많이 사라졌다고 믿었다. 말은 뜻과 소리가 어울려야 하는데 한자어는 그것의 결정적 문제가 있는 것이다. 그것은 특히 고유명사가 심했다. 우리나라가 세계로 발돋움하던 서울 올림픽 때 우리 사회가 직면했던 문제가 바로 그것이었다. 서울 올림픽 마스코트인 귀여운 호랑이의 이름을 '호돌이'로 할 것인가, '범돌이'로 할 것인가를 고민했었다. 그것은 우리의 언어가 처음으로 우리가 아닌 남의 눈으로 바로보기 시작했다는 것이다. 그러한 고민은 다른 나라에서는 상상할 수도 없는 일이었다. 아니, 고유어와 한자어가 상충하는 일본에서도 그런 고민은 일어나지 않았을 것이다. 그도그럴것이 일본은 일찍부터 한자에 대한 이중적 발음구조(우리의 신라시대 향찰처럼 훈독, 음독)를 채택하여 잘 발전시켜왔다고 할 수 있을 것이다. '도꾜'는 음독이요, 오오사카는 훈독이다. 그것은 뜻과 소리의 어울림을 고려한 사회적 선택일 것이다. 그러나 우리에게는 그러한 절충점이 없었다. 한자를 완전히 무시하던지 아니면 완전히 수용하던지 둘 중의 하나였다. '호돌이'와 같은 식의 말은 올림픽 때가 처음이었다. '朝子'라는 이름을 우리는 'choza'라고 하지만 일본은 'asko'라고 발음한다. 뜻을 고려할 때 아침의 밝고 맑은 이미지는 '아사꼬' 쪽이 훨씬 잘 드러난다. 마찬가지로 우리의 도시 이름 가운데 유일하게 남아 있는 곳 중에 '서울'을 '경(kyung)' 또는 '경성(kyungsung)'이라고 한다면 별로 매력이 없는 것은 사실이 아닌가. 서울을 제외한 대부분의 지명이 그 뜻에 걸맞는 소리를 갖추고 있지 못하며, 사람의 이름이나 특히 여자의 이름은 아름답고 예쁜 뜻이 발음으로는 잘 드러나지 않는다.

　우리 이름들의 그러한 불균형을 시정하자면 한자를 사용하지 말아야 한다고 생각한 것이었다. 하지만 최근 한 통계에 따르면 한글 전용이 실시되면서 오히려 고유어가 줄었다는 것이다. 우리 말을 아름답게 가꾸는 것은 한자를 어떻게 사용하는가이지, 혼용 과 전용의 문제는 아니라는 판단이다.

내가 입장이 바뀐 또다른 이유는 딸아이가 초등학교에 들어가 면서였다. 우선 고등학생들의 한자 실력이 너무 형편 없었다. 중 학교나 고등학교에 적지 않은 한문 시간이 배정되어 있음에도 그 들은 한자를 너무 어려워했다. 한자에 대해서 별로 어려움을 느끼 지 못하고 습득했던 내 경험에 비추어 나는 딸아이에게 초등학교 3학년부터 한자를 가르치기 시작했다. 그 결과 지금 초등학교 5학 년인 딸아이는 별 어려움 없이 한자를 습득하고 있으며, 벌써 한 글 세대인 제 어머니보다 한자 실력이 앞서 있다.

이 해묵은 논쟁에 대해 한마디 덧붙인다면 어느 시기에 한자를 가르칠 것인가의 교육의 문제가 아니라 '한자' 라는 엄청난 자산 을 생각해 볼 필요가 있다는 것이다. 세계 최고의 오랜 전통과 엄 청난 지식과 문화가 고스란히 한자 속에 스며 있으며 그것은 이미 우리의 사고와 문화의 저변이 되어 있다. 그것은 우리의 축복이 다. 왜 우리가 그 복을 굳이 배척할 필요가 있는가. 우리는 다만 그것과 병행해서 우리말의 아름다움을 발전시켜 나가는 조화의 지혜를 찾아야 하지 않을까.

부산에 부산이 없다

부산말이 그렇게 감칠 맛이 나는지 몰랐어.

대구에서 시 창작 활동을 왕성하게 하고 있는 친구의 말이다. 그 친구는 최근 '친구'라는 영화를 보면서 새삼스럽게 경상도 사투리의 가치를 깨닫게 된 것 같았다. 그런 느낌은 비단 그 친구뿐 아니라 영화를 본 사람이면 경상도 사람이 아니더라도 공감을 했을 터이다. '친구'라는 영화가 서울의 표준 발음으로 했으면 작품의 맛이 반감되었을 것은 자명하다. 마찬가지로 만약 판소리를 서울말이나 경상도말로 바꾸어 부른다면 그건 이미 판소리가 아닐 것이다.

그런데 며칠 전 교육청에서 실시한 학력진단 고사 고등학교 2학년 국어 듣기 문제에는 표준어 발음문제가 출제되었다. 여태 수능 시험이나, 수능 모의고사에서 그런 유형의 문제는 없었다. 나는 시험 감독을 하면서 매우 난처했다. 국어교사인 나도 그 정답을 알아내기가 어려웠다. 아마 서울에 있는 학생들은 너무 쉬운 문제였을 것이다.

도대체 경상도 사람들이 서울말을 써야 할 이유가 어디에 있는가. 의사소통에 어려움이 있는 것도 아니고, 말 때문에 국가가 무슨 혼란에 빠질 것도 아닌데 왜 지방의 사람들이 자기 말을 버리고 서울말을 써야 하는가. 그리고 왜 지방의 학생들은 정규 교과목에도 없는 서울말의 표준 발음을 별도로 공부를 해야 하는 수고를 해야 하는가.

사상 최고의 관중동원이라는 영화 '친구' 의 흥행 성공의 뒷면에는 바로 그 감칠맛 나는 부산말 의 역할을 부인하지 못할 것이다. 그러면서 정작 교육 기관에서는 앞장서서 지방의 사투리를 파괴하고 있다. 사실 아니래도 지금 대한민국의 사투리들은 고사 직전에 있다. 일본말을 강요하던 일제 때도 지방의 사투리는 고스란히 살아남았는데 정작 해방된 독립국가에서 고유한 자기네 말이 사라지기 직전에 놓여 있다는 것은 여간 심각한 일이 아닐 수 없다.

이름을 부를 때 한 보기를 들면, 경상도 발음에는 중국이나 일본처럼 받침 발음이 없다. 승식은 '승시기' 로, 해산이나 해상은 '해사이' 로 발음해 ㄴ과 ㅇ 받침은 구별이 되지 않는다. 그러나 지금의 젊은이는 '해산이', '해상이' 로 발음한다. 한때는 서울 사람들에게 경상도 사투리가 대단히 인기가 높았던 적이 있었다. '구수한 사투리니' 뭐니 하는 노래가 전국을 유행한 적도 있었다.

사투리가 고사직전에 있다는 것은 지방의 문화가 고사 직전에 있다는 말과 같다. 지금 대한민국은 서울공화국이라고 한다. 아무리 수도권에 인구가 많다 해도 아직 지방의 인구는 삼분의 일이나 된다. 그런데 지금 지방 문화는 기껏 박물관에 쳐박혀 있는 문화재가 고작인 것이다. 인구 400만이나 되는 부산, 서울 다음가는 도시, 그것도 서울에서 멀리 떨어져 있다는 것은 부산 고유의 문화가 생산되어야 함에도 그것이 없다. 제대로 된 잡지 하나 없고, 텔레비젼의 자체 제작은 기껏 지방 뉴스뿐이고, 신문 또한 겨우 두 개 사가 명맥을 이어가는 한심한 실정, 그야말로 문화의 불모지인 것이다. 지방자치제 이후 시장 후보자들은 하나같이 문화시장을 역설하지만 그런 문제의식은 거의 보이지 않는다.

우선 막강한 서울에 대항하기 위해서 지금처럼 행정구역 단위로 쪼개져 있는 지방을 생활권, 문화권으로 광역화 할 필요가 있다. 부산과 경남, 나아가 경남과 경북이 통합되어 그나마 힘을 모아야 서울에 맞서는 나름의 문화권을 형성할 수 있지 않을까.

5

싸구려 분냄새

포수는 한 덩이 납으로 순수를 겨냥하지만
매양 쏘는 것은
피에 젖은 한 마리 상한 새에 지나지 않는다

　　　　　　　　　　　- 박남수의 '새' 중에서

싸구려 분냄새

중국에 가면 어딜 가나 짙게 배어 있는 독특한 냄새가 있다. 그것은 음식에 쓰는 향료 때문인데 그것 때문에 그 값싸고 다양한 요리를 마음대로 즐길 수 없게 한다. 그러나 한 보름 이상 중국에 머물다 보면 어느덧 그 냄새를 잊어버린다. 우리에게도 우리가 맡지 못하는 독특한 냄새가 있을 것이다. 냄새는 대단히 민감하다. 특히 감정은 그 냄새에 결정적 영향을 끼친다. 동물들이 냄새에 의해 성적 자극을 받는 것을 보면 냄새는 욕구분출의 근원일지 모른다는 생각이 든다.

그것을 화장에 도입한 것이 향수(분냄새)다. 그 향수가 경우에 따라선 매우 역겨울 때가 있다. 여기서 경우라는 것은 어울리지 않음을 말하는 것이고, 우리는 그것을 싸구려라 한다. 물론 그것은 개인차에 따른 것이요, 다분히 주관적이다. 어떤 사람에게는 질 좋은 고급품이지만 어떤 사람에게는 그것이 싸구려가 될 수도 있기 때문이다.

요즈음 들어 나는 우리 사회 여기저기서 풍겨나는 그 역겨운 싸구려 분냄새 때문에 여간 고통스럽지가 않다. 이른바 운동을 한다는 사람들 속에서 시도 때도 없이 목소리를 높이는 그 고상함으로 치장한 싸구려 냄새가 그렇고, 참을 수 없이 가벼운 글쟁이들이 그렇다. 민중문학이다 하면 너도 나도 노동자의 동지요, 페미니즘이다 하면 모두가 여권(女權) 수호자요, 거기에 반하면 죽일놈으로 몰아친다.

지식계 일각에서 거론되고 있는 '일상적 파시즘'은 한국 사회가 처해 있는 딜레마의 핵심을 잘 건드리고 있다. 이념, 사상, 노선을 떠나 인간의 형태 중심에서 보면 군사독재 세력이나 민주화 투쟁 세력이나 크게 다를 바가 없다. 굳이 어느 선생의 말을 빌리지 않더라도 운동이라는 것은 잘못하면 또다른 폭력이 되고 만다는 것, 그 싸구려의 기준 또한 인간애(人間愛)에 있다는 것을 왜 모를까.

해방 이후 우리 사회를 지배해온 것이 좌우 이념과 민족주의였고, 그것은 싸구려들에 의해 우리의 코를 질식하게 만들어왔다. 권력을 쥔 자와 특히 그 반대편은 목소리 높은 자에 의해 주도되었다. 우리는 그것을 이성이 증발해 버린 파시즘이라 한다. 좌우 이념은 집단의 이익을 성취하는 도구에 지나지 않았고, 민족주의는 지역이기주의가 확장한 것에 지나지 않았다. 진정한 이념의 실천가와 민족주의자는 얼마나 아름다운가.

그러나 무엇보다 견딜 수 없는 것은 문학판의 싸구려 냄새이다. 왜냐하면 문학이란 개인적으로 그 싸구려와의 싸움이기 때문이다. 글쟁이들은 어차피 좋은 냄새를 피우기 위해 분을 바른다. 더구나 소설은 더 짙은 화장을 한다. 그것이 그 어떤 작가적 안목이나 깊은 성찰 없이 시류에 따라 휩쓸리는 자들을 보노라면 역겹기가 그지없다.

최근 일고 있는 친일 문학과 이문열 문학의 시비에서도 그 역겨운 싸구려 냄새가 진동을 한다. 그런 의미에서 황석영과 이문열은 최소한 싸구려는 아니다. 다만 거기에 빌붙어 뜯어먹는 싸구려가 섞여 있을 따름이다.

어느 석학이 말했던가. 문학이란 누워서 침뱉기라고. 그래서 남에게 칼날을 내밀 때는 자기 쪽도 동시에 향하고 있어야 한다.

이른바 보수주의자란 분들에게

　남북 정상회담 이후 이 땅에 보수주의자들의 목소리가 줄어들었다고 했다. 심지어 어떤 진보 언론에서는 우리의 보수주의자들은 어디 갔는가 라고 비아냥거렸다. 따지고 보면 남북 정상회담이야말로 보수주의자들이 목청을 높여 환영해야 할 일이다.

　일반적 보수주의는 민족주의와 그 맥을 같이 한다. 그런데도 우리 나라의 보수주의자들은 민족주의와는 반대적 입장에 있다. 그것은 반공을 최선의 가치 이념으로 신봉하기 때문이다. 어느 이념보다 민족이 우선한다고 김영삼 대통령은 말했지만, 그도 결국은 반공의 벽을 넘지 못하면서 단순한 선언에 그치고 말았다. 좌우 이데올레기가 무너지자 부각되는 것은 민족주의였다. 동 유럽이 그랬고, 구 소련이 그랬다. 하지만 보수주의를 자처하는 자들에게는 이미 낡아 버린 이념이 여전히 민족의 번영을 우선하고 있다. 남북의 정상이 역사적인 합의서에 서명하고 세계가 손뼉을 치는 마당에도 거기에 가장 큰 수혜자인 당자사들은 그것을 폄하하기에 바빴다.

보수란 자기 정체성이 확고하고, 자신을 보호하고자 하는 욕구가 강하기 마련이다. 결국 우리 스스로에 대한 강한 긍지로부터 출발한다. 하지만 우리 나라의 보수주의자들은 우리의 것에 대한 자긍심이 별로 보이지 않는다. 생활 한복이라도 입고, 민요나 풍물을 향유하는 사람은 오히려 젊은 진보주의자들이다.

도대체 외부로부터 그토록 우리의 체제를 보호하고자 하는 목적이 무엇인가. 바로 우리의 것을, 우리의 가치를 지키고자 함이 아닌가. 공산 사회인 북한에도 우리의 것과 우리의 가치가 엄연히 존재하고 있다. 그 사회를 몽땅 부정하는 것은 결국 자기 부정이 되고 만다.

동방예의지국, 조용한 아침의 나라, 금수강산, 중국 문화권에 있으면서도 독특하고 뛰어난 문화를 가꾸어온 빛나는 유산들... 미국과 북한 가운데 누가 더 그 가치를 인정하고 보호하고자 할까. 미국의 국익과 우리의 국익이 영원히 같을 수는 없으며, 앞으로의 세계는 결국 민족의 이익으로 재편될 수밖에 없는 것이 세계사의 흐름이 아닌가.

이제 좌우 이념의 시대는 끝났다. 북한도 남한도 그 이념의 시대에 나름대로는 국민의 보다 바람직한 삶을 위해 노력했다는 것을 인정하자. 그것을 그냥 시대의 현상으로 받아 들이자. 과거가 어떠하든 그들은 여전히 우리와 같은 말을 쓰고, 같은 금수강산에 살고 있으며, 같은 문화와 같은 전통과 우리 것에 대한 같은 가치관을 가지고 있다. 또한 오천 년을 같이 살았고, 서로 갈라서 대립한 것은 불과 오십 년밖에 되지 않는다.

그러기에 양쪽 괴수(?)는 만나자마자 악수를 하고 포옹을 했고, 모두가 뜨거운 가슴으로 감동하지 않았는가. 거기에는 통역관도 없었고, 이념의 중재자도 없었다. 우리가 가장 가깝다고 생각하는 미국이나 일본의 정상과 만났을 때도 그런 일은 없었다.

우리의 보수주의자들이여, 이제는 진정으로 우리가 지켜야 할 것, 보호해야 할 것에 관심을 가지고 목소리를 높여 주기 바란다. 우리가 진정으로 걱정해야 할 바는 북한과 가까워지는 것이 아니라, 우리의 좋은 전통이 사라져가는 것이 아닌가. 청소년들은 하루가 바쁘게 우리 것을 벗어 던지고 서구화되어 간다. 그들의 경박스러움을 꾸짖고 우리 전통의 참다운 멋과 가치를 가르치는 것이 진정한 보수주의자가 해야 할 일이 아닐까.

우리 편과 나쁜 편

지난 60년대 정월 대보름이 되면 동네 아이들은 며칠 전부터 횃불싸움 준비를 한다. 그런데 상대는 고개 넘어 있는 동네다. 저녁이 되면 저마다 횃불을 들고 잔뜩 적의감을 고취시키며 고개 쪽으로 간다. 그러나 언제나 그렇듯이 고개까지 갔다가 그냥 돌아올 뿐이었다. 상대 쪽에서 아무런 반응이 없었기 때문이었다. 그쪽에서도 우리처럼 싸움을 하기 위해서 준비를 했는지 확인할 길은 없었지만 해마다 그 행사는 계속됐다. 어떻게 보면 싸움을 하기 위해서라기보다는 고개 넘어 마을에 사는 놈들은 나쁜 놈이라는 막연한 적의감만 불사르는 것이었다.

당시 아이들의 놀이도 대부분이 전쟁놀이였고, 그 전쟁놀이의 핵심은 편을 갈라 싸우는 것이었다. 우리 편은 좋은 편이고 상대는 무조건 나쁜 편이라는 것이 고정되어 있었다. 상대편은 나쁘다는 그런 편가르기 의식이 비단 아이들 놀이에서만 있는 것이 아니라 우리 사회 전반에 걸쳐 보편화되어 있다는 사실이다.

뚜렷한 이유도 없이 경상도와 전라도 사람들이 서로에게 가지는 적대감 같은 것은 그 대표적 사례로 볼 수 있다. 물론 몰지각한 정치인들이 자신들의 정치적 입지를 위해서 부추긴 탓이 크겠지만 우리 속에 잠재되어 있는 막연한 대결의식의 한 현상인 것이다.

국제 경기를 할 경우, 우리의 적은 북한이며 그 다음은 일본이다. 정상적이라면 우리 다음으로 북한을 응원해야 하고, 그 다음은 당연히 일본이어야 한다. 우리와 가장 닮았고, 가까운 쪽으로 마음이 끌리는 것이 인지상정(人之常情)이 아닌가. 그럼에도 지난 50여 년 세월 동안 우리는 그 인지상정의 흐름을 거슬러왔다. 물론 분단과 이념의 극심한 대립, 그리고 전쟁과 식민지배에 대한 정서도 무시할 수는 없다. 그러나 이제는 세월도 많이 흘렀고, 시대도 엄청나게 변했다. 모든 것을 대결로만 살아가기에는 현재나 미래의 시간이 너무 아깝다.

문제는 어찌됐건 팔은 안으로 굽는다고 가깝고 닮은 쪽으로 뭉치고 친해진다는 것이다. 최근 북한을 중심으로 한 동북 아시아의 급격한 변화는 그것을 잘 말해주고 있는 것이다. 우리는 어차피 일본보다는 북한 편인 것이고, 미국보다는 일본 편이 될 수밖에 없는 것이 아닌가. 그런데 사회 한 쪽에서는 아직도 저 60년대 산골 아이들과 같은 막연한 편가르기와 적대감에 젖어 우리 이웃,

또는 동족에게 도끼눈을 버리지 못하고 있다.

이번 아시안게임이나, 경의선과 동해선 연결, 개성 개방 등 화합과 평화의 행진이 이미 돌이킬 수 없는 대세임에도 그들은 끊임없이 재를 뿌리고 있으니 참으로 안타까운 일이 아닐 수 없다.

우향우, 파시즘 앞으로 갓

점심 시간에 아이들 댓 명이 고개를 숙인 채 학생부장 앞에 불려와 서 있었다. 그녀들은 일전에 있었던 교내 폭력 사건의 가해자들이었다. 게다가 집단으로 모여 흡연한 사실까지 드러났다. 그런데 그 가운데 뜻밖의 인물이 있었다. 우리 반의 K양이 거기에 있었다. 그녀는 공부도 잘했고, 활달한 성격으로 학교 생활도 모범적이었다. 나의 상식이 완전히 무너져 버렸다. 그것은 그 소식을 듣고 달려온 K양의 어머니도 마찬가지였다. 어머니는 충격이 컸던지 한동안 멍하니 말을 하지 못했다. 착하디 착한 우리 애가 그런 짓을 했으리라곤 믿어지지 않는다는 것이다.

최근 고등학교에서는 이상한 바람이 분다. 여자 학교에서 전에는 상상할 수 없었던 폭력 사건이나, 흡연자가 늘어난다. 그것도 떼를 지어 몰려다니면서 친구들을 위협하거나 으시대면서 자신의 존재를 확인하려 한다. 그러한 현상은 이미 아이들에게 유행병처럼 번지고 있다. 그 좋은 예가 학교의 동아리 활동이다. 지식 위주

의 수업에서 아이들의 다양한 적성과 특기를 살리는 동아리 활동
은 적극 장려해야 할 일이다. 그런데 몇 년 전부터 그 분위기가 점
차 거칠어지더니 급기야는 여러 가지 문제가 발생하기 시작했다.
이른바 하급생의 기강을 바로 세운다며 집단 체벌을 주는가 하면,
캄캄한 교실에 하급생들을 몇 시간이나 꿇어앉혀 놓고 반성을 하
게 하는가 하면, 선물을 강요해 물의를 빚기도 했다. 그렇게 되다
보니 숫제 아이들은 선생님보다 선배를 더 무서워하는 상황이 되
어 버렸고, 심지어는 대학의 학훈단처럼 멀리서 선배의 얼굴만 봐
도 큰 소리로 인사를 하는 진풍경이 벌어지고 있다.

상급생의 구타가 별 문제가 되지 않던 과거 권위주의 시대 때도
여학생들 사회는 그런 일이 없었다. 그러면 지금의 이런 현상들은
어떻게 설명해야 하나. 우선 생각할 수 있는 것이 우리 사회 전반
에 불고 있는 우경화 탓이다. 과거에 권위주의 정권이 무너지고,
개방화, 민주화되면서 오히려 과거에 그렇게 저항하며 맞서던 그
권위주의에 대한 향수의 역풍인 것이다. 이른바 '박정희 향수'가
단적인 보기다. 그러한 우경화가 이제 그 도를 넘는 심각한 상황
에 이르러 마침내 저 순진하고 고운 여학생들의 생활 정서에까지
깊이 파고든 것이다. 사회 흐름에 가장 민감한 곳은 대학가다. 신
학기가 되면 대학의 동아리들은 새내기를 맞아 MT라 해서 군대
식으로 길들이기를 하고, 그것이 그들의 통과의식으로 여기며 고

통을 달게 받으며, 그것이 심할수록 좋은 동아리라는 인식까지 하는 것이다. 대학의 그러한 바람이 곧바로 고등학교에 미치고, 이어서 중학교, 초등학교로 파급될 것이다.

게다가 지금의 아이들은 형제 자매가 없다. 그래서 외로움을 많이 탄다. 그러나 우리 사회에서는 그들의 정서를 달래 줄 아무런 프로그램이 없다. 아이들은 그저 텔레비전이나 컴퓨터에 의지한다. 그런 아이들에게 청소년의 특징이랄 수 있는 패거리 의식은 사회의 우경화 바람과 함께 더욱 비뚤어진 채 파고든다. 그런 아이들에게 우리는 공부만 강요하고 있는 것이다.

우경화는 곧 파시즘의 확산을 낳고, 파시즘이 판을 치는 사회는 그 어떤 이성적 사고와 건전한 문화 대신에 폭력이 난무한다. 학교가 무너진다고 야단법석이다. 학교만 무너지는 것이 아니라 가정이 무너지고, 사회가 무너지고 있는 것이다. 그런데도 모두가 학교만 탓하고 있는 것이다.

易地思之

2002년 12월 19일 저녁 6시.

대한민국의 모든 눈과 귀는 텔레비전 앞으로 쏠려 있었다. 출구 조사의 결과 발표 때문이었다. 그 조사는 지난 번 대선 때도 정확도를 유감 없이 발휘했었다. 이제 밤을 세워 마음을 졸이며 개표 결과를 지켜볼 필요가 없어졌다.

"한나라당의 이회창 후보 43.2%

민주당의 노무현 후보 28.6%

국민통합21의 정몽준 후보 23.4%

한나라당의 이회창 후보가 민주당의 노무현 후보보다 약 15 퍼센트 앞서는 걸로 나타났습니다."

곧이어 각 당사의 분위기가 화면에 이어졌다. 만세와 환호가 출렁이는 한나라당, 그리고 침울한 민주당과 국민통합21의 분위기가 대비되고 있었다.

이회창 후보의 당선은 노-정 후보 단일화 실패가 가장 큰 원인이라는 데 아무런 이의가 없었다. 보수 회귀를 우려하며 이회창 후보를 반대했던 유권자들은 사퇴를 않았던 정몽준 후보에게 비난을 쏟았다. 민주당에서는 벌써 후보 단일화에 반대했던 친노파와 아울러 어정쩡한 태도를 취했던 지도부의 인책론이 불거지고 있었다. 아니나다를까 사회 일각에선 전쟁 불사를 외치며 대북 강경론을 쏟아내기 시작했고, 눈치 빠른 검찰에선 소파개정 촛불 시위를 불법으로 규정하고 강경진압을 천명했다.(가상 통신)

지금 민주당에서는 지난 대선에 따른 살생부와 함께 공신들의 명단이 나돈다고 한다. 앞의 내용은 후보 단일화가 실패했을 경우 충분히 예상할 수 있는 그림이다. 그렇다면 노무현 당선의 일등 공신은 '노사모'도 아니요, '친노파'도 아닌 '후보 단일화'라고 할 수 있다. 진정한 공신은 지금 민주당 내에 역적으로 몰려 있는 '후단협' 인사들이 아닐까.

입장을 조금만 되돌려 본다면 어느 한 쪽을 그렇듯 몰아치지는 않을 것이다. 역사에서 정말 종이 한 장 차이로 역적과 충신이 되는 예는 무수히 많다. 그래서 얼마나 많은 피를 흘렸던가. 상대를 인정하고 이해하려는 태도, 곧 역지사지(易地思之)의 정신이 우리 사회에 특히 정치권에서는 부족하다.

노무현의 등장은 분명 새로운 시대가 왔음을 의미한다. 그 새로운 시대의 과제는 정치 개혁만이 아니다. 그러나 정치 개혁이라는 것도 기껏 대선의 공과나 따진다면 그 결과는 불을 보듯 뻔하다. 반쪽의 지지를 전체의 지지로 이끌자면 일단 선거가 끝나면 선거는 누구를 지지하고 반대하든 선거로 끝을 내고 선거에서 나타난 진정한 민의를 어떻게 꾸려가느냐가 중요하다.

　정치는 민주당 내 친노, 반노는 물론이요, 한나라당까지 모두가 개혁의 대상이 되는 새로운 틀을 짜야 할 것이며, 사회적으로는 지역 및 계층 간의 갈등의 해소와 지방 분권을 실현해야 하며, 경제와 문화에서는 성장 위주에서 삶의 질을 추구하는 정책의 전환이 시급하며, 외교 역시 미국의 입맛대로 움직이던 한반도의 문제를 우리가 주도해야 하고, 그런 의미에서 북한, 중국, 일본, 나아가 러시아까지 함께 하는 새로운 동북아 시대를 열어가야 한다. 그야말로 당 내외, 국내외 할 것 없는 새로운 질서가 요구되는 중대한 과제를 안고 있음을 잊지 말아야 할 것이다.

뿌리출판사 출판문의 : 전화 02)2247-1115
인터넷 홈페이지 : www.rootgo.com
원고접수 : E-mail : rootgo@dreamwiz.com
주소 : 서울시 성동구 성수 2가 3동 317-10호
우편번호 : 133-835